Lygia Fagundes Telles

# as cerejas

11ª Edição

**SARAIVA Educação S.A.**
Avenida das Nações Unidas, 7221 – Pinheiros
05425-902 – São Paulo – SP
Fone: (11) 4003-3061
www.aticascipione.com.br
atendimento@aticascipione.com.br


**Dados Internacionais de Catalogação na Publicação (CIP)**

Telles, Lygia Fagundes

As cerejas / Lygia Fagundes Telles ; projeto editorial [e organização] Samira Youssef Campedelli ; coordenação Vivina de Assis Viana ; [ilustrações Zeflávio Teixeira]. — São Paulo : Atual, 2009. — (Série Outras Palavras)

Inclui roteiro de leitura
ISBN 978-85-7056-442-9

1. Contos brasileiros I. Campedelli, Samira Youssef. II. Viana, Vivina de Assis. III. Teixeira, José Flávio. IV. Título. V. Série.

CDD-869.935

**Índices para catálogo sistemático:**
1.Contos : Século 20 : Literatura brasileira 869.935
2.Século 20 : Contos : Literatura brasileira 869.935

11ª edição/ 12ª tiragem
2021

Impressão e acabamento
Edições Loyola

# APRESENTAÇÃO

*Outras Palavras* é uma série que apresenta a extraordinária experiência do diálogo entre textos.

Um conto clássico é reescrito por outros escritores, que recontam a mesma história, a partir do ponto que mais os motivou.

Daí surgem, portanto, outras histórias, diferentes umas das outras, sempre de excelente qualidade.

Neste volume, *As cerejas*, de Lygia Fagundes Telles, tem outras palavras de:

- Duílio Gomes
- Fanny Abramovich
- Ignácio de Loyola Brandão
- Márcia Leite

A romancista e contista contemporânea Lygia Fagundes Telles, autora de *Ciranda de Pedra, Verão no aquário, Antes do baile verde* e *As meninas*, alcança os mais belos efeitos de sua obra quando evoca cenas e estados de alma da infância e da adolescência.

Lygia Fagundes Telles

# as cerejas

Ilustrações: Zeflávio Teixeira

Projeto editorial: Samira Youssef Campedelli

Coordenação: Vivina de Assis Viana

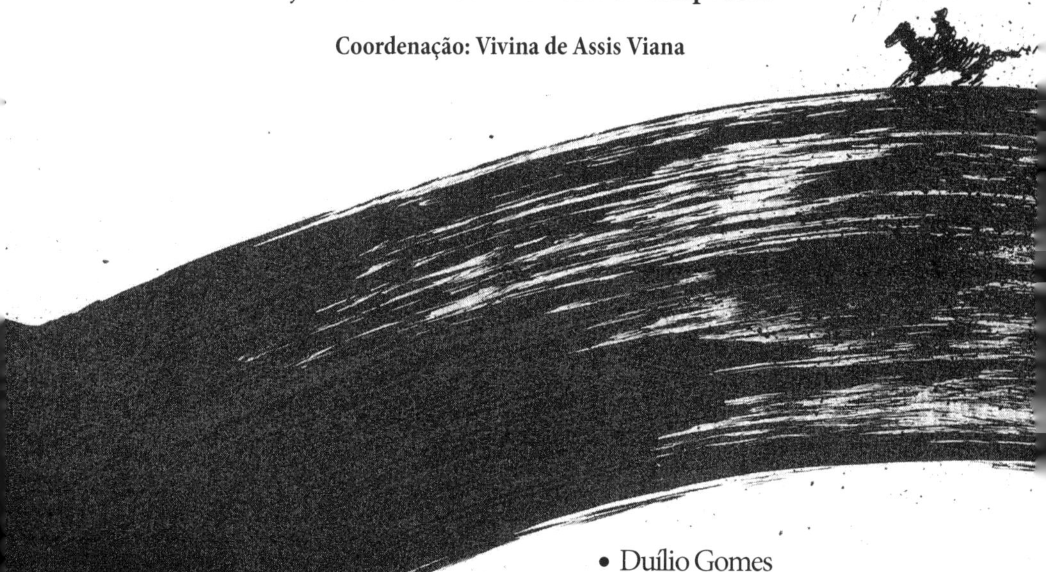

- Duílio Gomes
- Márcia Leite
- Fanny Abramovich
- Ignácio de Loyola Brandão

Atual Editora

# As cerejas

Aquela gente teria mesmo existido? Madrinha tecendo a cortina de crochê com um anjinho a esvoaçar por entre rosas, a pobre Madrinha sempre afobada, piscando os olhinhos estrábicos, "vocês não viram onde deixei meus óculos?" A preta Dionísia a bater as claras de ovos em ponto de neve, a voz ácida contrastando com a doçura dos cremes, "esta receita é nova..." Tia Olívia enfastiada e lânguida, abanando-se com uma ventarola chinesa, a voz pesada indo e vindo ao embalo da rede, "fico exausta no calor..." Marcelo muito louro – por que não me lembro da voz dele? – agarrado à crina do cavalo, agarrado à cabeleira de tia Olívia, os dois tombando lividamente azuis sobre o divã. "Você levou as velas à tia Olívia?", perguntou Madrinha lá debaixo.

O relâmpago apagou-se. E no escuro que se fez, veio como resposta o ruído das cerejas se despencando no chão.

A casa em meio do arvoredo, o rio, as tardes como que suspensas na poeira do ar – desapareceu tudo sem deixar vestígios. Ficaram as cerejas, só elas resistiram com sua vermelhidão de loucura. Basta abrir a gaveta: algumas foram roídas por alguma barata e nessas o algodão estoura, empelotado, não, tia Olívia, não eram de cera, eram de algodão suas cerejas vermelhas.

Ela chegou inesperadamente. Um cavaleiro trouxe o recado do chefe da estação pedindo a charrete para a visita que acabara de desembarcar.

– É Olívia! – exclamou Madrinha. – É a prima! Alberto escreveu dizendo que ela viria, mas não disse quando, ficou de avisar. Eu ia mudar as cortinas, bordar umas fronhas e agora!... Justo Olívia. Vocês não podem fazer ideia, ela é de tanto luxo e a casa aqui é tão simples, não estou preparada, meus céus! O que é que eu faço, Dionísia, me diga agora o que é que eu faço!

Dionísia folheava tranquilamente um livro de receitas. Tirou um lápis da carapinha tosada e marcou a página com uma cruz.

– Como se já não bastasse esse menino, que também chegou sem aviso...

O menino era Marcelo. Tinha apenas dois anos mais do que eu mas era tão alto e parecia tão adulto com suas belas roupas de montaria, que tive vontade de entrar debaixo do armário quando o vi pela primeira vez.

– Um calor na viagem! – gemeu tia Olívia em meio de uma onda de perfumes e malas. – E quem é este rapazinho?

– Pois este é o Marcelo, filho do Romeu – disse Madrinha: – Você não se lembra do Romeu? Primo-irmão do Alberto...

Tia Olívia desprendeu do chapeuzinho preto dois grandes alfinetes de pérola em formato de pera. O galho de cerejas estremeceu no vértice do decote da blusa transparente. Desabotoou o casaco.

– Ah, minha querida, Alberto tem tantos parentes, uma família enorme! Imagine se vou me lembrar de todos com esta minha memória. Ele veio passar as férias aqui?

Por um breve instante Marcelo deteve em tia Olívia o olhar frio. Chegou a esboçar um sorriso, aquele mesmo sorriso que tivera quando Madrinha, na sua ingênua excitação, nos apresentou a ambos, "pronto, Marcelo, aí está sua priminha, agora vocês poderão brincar juntos". Ele então apertou um pouco os olhos. E sorriu.

– Não estranhe, Olívia, que ele é por demais arisco – segredou Madrinha ao ver que Marcelo saía abruptamente da sala. – Se trocou comigo meia dúzia de palavras, foi muito. Aliás, toda a gente de Romeu é assim mesmo, são todos muito esquisitos. Esquisitíssimos!

Tia Olívia ajeitou com as mãos em concha o farto coque preso na nuca. Umedeceu os lábios com a ponta da língua.

– Tem *charme*...

Aproximei-me fascinada. Nunca tinha visto ninguém como tia Olívia, ninguém com aqueles olhos pintados de verde e com aquele decote assim fundo.

– É de cera? – perguntei tocando-lhe uma das cerejas.

Ela acariciou-me a cabeça com um gesto distraído. Senti bem de perto seu perfume.

– Acho que sim, querida. Por quê? Você nunca viu cerejas?

– Só na folhinha.

Ela teve um risinho cascateante. No rosto muito branco a boca parecia um largo talho aberto, com o mesmo brilho das cerejas.

– Na Europa são tão carnudas, tão frescas.

Marcelo também tinha estado na Europa com o avô. Seria isso? Seria isso que os fazia infinitamente superiores a nós? Pareciam feitos de outra carne e pertencer a um outro mundo tão acima do nosso, ah! como éramos pobres e feios. Diante de Marcelo e tia Olívia, só diante dos dois é que eu pude avaliar como éramos pequenos: eu, de unhas roídas e vestidos feitos por Dionísia, vestidos que pareciam as camisolas das bonecas de jornal que Simão recortava com a tesoura do jardim. Madrinha, completamente estrábica e tonta em meio das suas rendas e crochês. Dionísia, tão preta quanto enfatuada com as tais receitas secretas.

– Não quero é dar trabalho – murmurou tia Olívia dirigindo-se ao quarto. Falava devagar, andava devagar. Sua voz foi se afastando com a mansidão de um gato subindo a escada. – Cansei-me muito, querida. Preciso apenas de um pouco de sossego...

Agora só se ouvia a voz de Madrinha que tagarelava sem parar: a chácara era modesta, modestíssima, mas ela haveria de gostar, por que não? O clima era uma maravilha e o pomar nessa época do ano estava coalhado de mangas. Ela não gostava de mangas? Não?... Tinha também bons cavalos se quisesse montar, Marcelo poderia acompanhá-la, era um ótimo cavaleiro, vivia galopando dia e noite. Ah, o médico proibira? Bem, os passeios a pé também eram lindos, havia no fim do caminho dos bambus um lugar ideal para piqueniques, ela não achava graça num piquenique?

Fui para a varanda e fiquei vendo as estrelas por entre a folhagem da paineira. Tia Olívia devia estar sorrindo, a umedecer com a ponta da língua os lábios brilhantes. Na Europa eram tão carnudas... Na Europa.

Abri a caixa de sabonete escondida sob o tufo de samambaia. O escorpião foi saindo penosamente de dentro. Deixei-o caminhar um bom pedaço e só quando ele atingiu o centro da varanda é que me decidi a despejar a gasolina. As chamas azuis subiram num círculo fechado. O escorpião rodou sobre si mesmo, erguendo-se nas patas traseiras, procurando uma saída. A cauda contraiu-se desesperadamente. Encolheu-se. Investiu e recuou em meio das chamas que se apertavam mais.

– Será que você não se envergonha de fazer uma maldade dessas?

Voltei-me. Marcelo cravou em mim o olhar feroz. Em seguida, avançando para o fogo, esmagou o escorpião no tacão da bota.

– Diz que ele se suicida, Marcelo...

– Era capaz mesmo quando descobrisse que o mundo está cheio de gente como você.

Tive vontade de atirar-lhe a gasolina na cara. Tapei o vidro.

– E não adianta ficar furiosa, vamos, olhe para mim. Sua boba. Pare de chorar e prometa que não vai mais judiar dos bichos.

Encarei-o. Através das lágrimas ele pareceu-me naquele instante tão belo quanto um deus, um deus de cabelos dourados e botas, todo banhado de luar. Fechei os olhos. Já não me envergonhava das lágrimas, já não me envergonhava de mais nada. Um dia ele iria embora do mesmo modo imprevisto como chegara, um dia ele sairia sem se despedir e desapareceria para sempre. Mas isso também já não tinha importância. Marcelo, Marcelo!, chamei. E só meu coração ouviu.

Quando ele me tomou pelo braço e entrou comigo na sala, parecia completamente esquecido do escorpião e do meu pranto. Voltou-lhe o sorriso.

– Então é essa a famosa tia Olívia? Ah, ah, ah.

Enxuguei depressa os olhos na barra da saia.

– Ela é bonita, não?

Ele bocejou.

– Usa um perfume muito forte. E aquele galho de cerejas dependurado no peito. Tão vulgar.

– Vulgar?

Fiquei chocada. E contestei; mas, em meio da paixão com que a defendi, senti uma obscura alegria ao perceber que estava sendo derrotada.

– E, além do mais, não é meu tipo – concluiu ele voltando o olhar indiferente para o trabalho de crochê que Madrinha deixara desdobrado na cadeira. Apontou para o anjinho esvoaçando entre grinaldas. – Um anjinho cego.

– Por que cego? – protestou Madrinha descendo a escada. Foi nessa noite que perdeu os óculos. – Cada ideia, Marcelo!

Ele debruçara-se na janela e parecia agora pensar em outra coisa.

– Tem dois buracos em lugar dos olhos.

– Mas crochê é assim mesmo, menino! No lugar de cada olho deve ficar uma casa vazia – esclareceu ela sem muita convicção. Examinou o trabalho. E voltou-se nervosamente para mim: – Por que não vai buscar o dominó para vocês jogarem uma partida? E vê se encontra meus óculos que deixei por aí.

Quando voltei com o dominó, Marcelo já não estava na sala. Fiz um castelo com as pedras. E soprei-o com força. Perdia-o sempre, sempre. Passava as manhãs galopando como louco. Almoçava rapidamente e mal terminava o almoço, fechava-se no quarto e só reaparecia no lanche, pronto para sair outra vez. Restava-me correr ao alpendre para vê-lo seguir em direção à estrada, cavalo e cavaleiro tão colados um ao outro que pareciam formar um corpo só.

Como um só corpo os dois tombaram no divã, tão rápido o relâmpago e tão longa a imagem, ele tão grande, tão poderoso, com aquela mesma expressão com que galopava como que agarrado à crina do cavalo, arfando doloridamente na reta final.

Foram dias de calor atroz os que antecederam à tempestade. A ansiedade estava no ar. Dionísia ficou mais casmurra. Madrinha ficou mais falante, procurando disfarçadamente os óculos nas latas de biscoitos ou nos potes de folhagens, esgotada a busca em gavetas e armários. Marcelo pareceu-me mais esquivo, mais crispado. Só tia Olívia continuava igual, sonolenta e lânguida no seu negligê branco. Estendia-se na rede. Desatava a cabeleira. E, com um movimento brando, ia se abanando com a ventarola. Às vezes vinha com as cerejas que se esparramavam no colo polvilhado de talco. Uma ou outra cereja resvalava por entre o rego dos seios e era então engolida pelo decote.

– Sofro tanto com o calor...

Madrinha tentava animá-la:

– Chovendo, Olívia, chovendo você verá como vai refrescar.

Ela sorria umedecendo os lábios com a ponta da língua.

– Você acha que vai chover?

– Mas claro, as nuvens estão baixando, a chuva já está aí. E vai ser um temporal daqueles, só tenho medo é que apanhe esse menino lá fora. Você já viu menino mais esquisito, Olívia? Tão fechado, não? E sempre com aquele arzinho de desprezo.

– É da idade, querida. É da idade.

– Parecido com o pai. Romeu também tinha essa mesma mania com cavalo.

– Ele monta tão bem. Tão elegante.

Defendia-o sempre enquanto ele a atacava, mordaz, implacável: "É afetada, esnobe. E como representa, parece que está sempre no palco". Eu contestava, mas de tal forma que o incitava a prosseguir atacando.

Lembro-me de que as primeiras gotas de chuva caíram ao entardecer, mas a tempestade continuava ainda em suspenso, fazendo com que o jantar se desenrolasse numa atmosfera abafada. Densa. Pretextando dor de cabeça, tia Olívia recolheu-se mais cedo. Marcelo, silencioso como de costume, comeu de cabeça baixa. Duas vezes deixou cair o garfo.

– Vou ler um pouco – despediu-se assim que nos levantamos.

Fui com Madrinha para a saleta. Um raio estalou de repente: como se esperasse por esse sinal, a casa ficou completamente às escuras enquanto a tempestade desabava.

– Queimou o fusível! – gemeu Madrinha. – Vai, filha, vai depressa buscar o maço de velas, mas leva primeiro ao quarto de tia Olívia. E fósforos, não esqueça os fósforos!

Subi a escada. A escuridão era tão viscosa, que se eu estendesse a mão, poderia senti-la amoitada como um bicho por entre os degraus. Tentei acender a vela, mas o vento me envolveu. Escancarou-se a porta do quarto. E em meio do relâmpago que rasgou a treva, vi os dois corpos completamente azuis, tombando enlaçados no divã.

Afastei-me cambaleando. Agora as cerejas se despencavam sonoras como enormes bagos de chuva caindo de uma goteira. Fechei os olhos. Mas a casa continuava a rodopiar desgrenhada e lívida com os dois corpos rolando na ventania.

– Levou as velas para tia Olívia? – perguntou Madrinha.

Desabei num canto, fugindo da luz do castiçal aceso em cima da mesa.

– Ninguém respondeu, ela deve estar dormindo.

– E Marcelo?

– Não sei, deve estar dormindo também. Madrinha aproximou-se com o castiçal:

– Mas que é que você tem, menina? Está doente? Não está com febre? Hem?! Sua testa está queimando... Dionísia, traga uma aspirina, esta menina está com um febrão, olha aí!

Até hoje não sei quantos dias me debati esbraseada, a cara vermelha, os olhos vermelhos, escondendo-me debaixo das cobertas para não ver por entre clarões de fogo milhares de cerejas e escorpiões em brasa, estourando no chão.

– Foi um sarampo tão forte – disse Madrinha ao entrar certa manhã no quarto. – E como você chorava, dava pena ver como você chorava! Nunca vi um sarampo doer tanto assim.

Sentei-me na cama e fiquei olhando uma borboleta branca pousada no pote de avencas da janela. Voltei-me em seguida para o céu limpo. Havia um passarinho cantando na paineira. Madrinha então disse:

– Marcelo foi-se embora ontem à noite, quando vi, já estava de mala pronta, sabe como ele é. Veio até aqui se despedir, mas você estava dormindo tão profundamente.

Dois dias depois, tia Olívia partia também. Trazia o costume preto e o chapeuzinho com os alfinetes de pérola espetados no feltro. Na blusa branca, bem no vértice do decote, o galho de cerejas.

Sentou-se na beirada da minha cama:

– Que susto você nos deu, querida – começou com sua

voz pesada. – Pensei que fosse alguma doença grave. Agora está boazinha, não está?

Prendi a respiração para não sentir seu perfume.

– Estou.

– Ótimo! Não te beijo porque ainda não tive sarampo – disse ela calçando as luvas. Riu o risinho cascateante. – E tem graça eu pegar nesta altura doença de criança?

Cravei o olhar nas cerejas que se entrechocavam sonoras, rindo também entre os seios. Ela desprendeu-as rapidamente:

– Já vi que você gosta, pronto, uma lembrança minha.

– Mas ficam tão lindas aí – lamentou Madrinha. – Ela nem vai poder usar, bobagem, Olívia, leve suas cerejas!

– Comprarei outras.

Durante o dia seu perfume ainda pairou pelo quarto. Ao anoitecer, Dionísia abriu as janelas. E só ficou o perfume delicado da noite.

– Tão encantadora a Olívia – suspirou Madrinha sentando-se ao meu lado com sua cesta de costura. – Vou sentir falta dela, um encanto de criatura. O mesmo já não posso dizer daquele menino. Romeu também era assim mesmo, o filho saiu igual. E só às voltas com cavalos, montando em pelo, feito índio. Eu quase tinha um enfarte quando via ele galopar.

Exatamente um ano depois ela repetiria, num outro tom, esse mesmo comentário ao receber a carta onde Romeu comunicava que Marcelo tinha morrido de uma queda de cavalo.

– Anjinho cego, que ideia! – prosseguiu ela desdobrando

o crochê nos joelhos. – Já estou com saudades de Olívia, mas dele?

Sorriu alisando o crochê com as pontas dos dedos. Tinha encontrado os óculos.

Do livro *Antes do Baile Verde.* Rio, Nova Fronteira, 14ª edição.

DUÍLIO GOMES
É um dos mais criativos contistas mineiros; participa de várias antologias de contos no Brasil e no exterior. Trabalha como editor do jornal Minas Gerais.

# Os morangos

Cebolas, batatas, ovos, salsinhas, anchovas, pimentas, *champignons*, tomates, carnes, coentros, limões, ervilhas, palmitos, frutas. Desde criança vejo a preta Dionísia e Dinha às voltas com tudo isso na cozinha da chácara. Fez parte de minha infância e de minhas férias escolares. Continua fazendo parte de minha adolescência. Adolescência? Aos dezessete anos já me sinto maduro como um homem de cinquenta, mas não abro mão de andar a cavalo em pelo e de correr atrás dos gansos. Claro, isso bem longe dos olhos de Dionísia e Dinha. Pra elas já sou um rapagaço. *O Marcelo está maior do que o coqueiro da lagoa*, ouvi a Dionísia comentando uma vez com a Dinha enquanto faziam o jantar. Gostei do comentário e do jantar, frango de leite grelhado com milho verde.

As duas de lá pra cá cheias de panelas e titití. Eu fingia ler um jornal, elas trocando queijo parmesão ralado, molho de pimenta, pedaços de frango, creme de leite, manteiga, milho verde, molho branco.

Júlia chegou da escola na charrete azul. Carregava cadernos e livros. Tímida, toda tímida. Foi sempre assim. Os olhos no chão, ressabiada.

– Cumprimenta o Marcelo – mandou Dinha, de costas. Estavam tão integradas naquela chácara que sentiam umas às outras sem se virar, sem se olhar. – Chegou hoje de manhã.

Júlia estendeu a mão direita. Os olhos baixos.

Segurei sua mão. Apertei. Senti o seu arrepio. Julinha. Meio bobinha. Fechada como uma romã, rosada como uma romã.

Sorri pra ela. Puxou o braço. Era sempre assim no começo. Desde criança. Depois se soltava um pouco, perguntava pelo meu pai. Nunca pela minha mãe. Depois que os dois se separaram, nunca mais perguntaram pela minha mãe. Minha mãe achou graça, quando contei. *São tão puritanas aquelas duas, metidas na cozinha e na sala de TV o dia inteiro... Júlia vai virar um bicho do mato,* riu. Riu muito.

– Mostra os gatinhos novos para o Marcelo.

Era Dinha mandando de novo. De costas. Dionísia resmungou que a frigideira estava uma porcaria de velha, precisavam comprar uma nova. Preparavam o almoço, filé de peixe.

Júlia foi me mostrar os gatinhos. A imagem da pureza. Bochechas rosadas, grandes olhos castanhos, um gatinho no colo. Soprou a penugem do gatinho.

– Não é lindo? – perguntou.

Linda é você, quis responder. Mas não ousava. Nunca tivemos grandes intimidades. Contatos raros, de férias rápidas. Eu gostava de ler. Ela, de brincar com bonecas. Se ainda fosse um menino, podíamos jogar futebol, subir nas árvores, nadar na lagoa e falar palavrão. Fomos crescendo cheios de reservas um com o outro e com dois anos de diferença. Ela, timidazinha. Eu, espevitado. Ela, de olhos baixos, voz baixa, tensão baixa. Eu, todo alto, batendo portas, correndo atrás dos gansos com uma pedra e um pedaço de pau. *Larga do pobre do ganso*, gritava Dionísia da cozinha. *Menino mais encapetado...* Depois ia reclamar com Dinha. *Moleque danado. O pai nem liga, lá na sala lendo revista. A mãe ainda puxava a orelha de vez em quando. Mas agora que cada um está pro seu lado...* Dinha fazia *shiu* para ela calar. Ela calava. Depois corria de novo pra janela. *Olha lá, agora tá depenando as galinhas. Ai meu santo!*

Os três gatinhos enrodilhados no pano de cozinha. Um no colo.

– Pérola teve seis. Madrinha deu dois.

Esfregou o gatinho no rosto. Tive vontade de esfregar também o meu no dela. Decerto ia estranhar o gesto, a barba rala mas já espetando, a ousadia.

Gritaria? Ficaria vermelha como as pimentas de Dionísia? Desmaiaria? Ou, inusitada reação de mocinha descobrindo a vida, deixaria o rosto colado no meu, trêmula, palpitante, os olhos meio arregalados de susto e prazer?

O gatinho ronronou. Ela depositou-o no ninho de pano.

– Você gosta de gatos? – perguntou, olhando a ninhada.

Já devia saber que eu não gostava, mas perguntou por perguntar, pra falar alguma coisa.

– Acho que gosto mais de cachorro.

– Você gostava de puxar o rabo do Dog quando era criança – ela observou, meio sorrindo.

– Dionísia sempre reclamou com Dinha que eu maltratava os bichos daqui quando era pequeno.

– Eu me lembro...

Ela queria rir, eu sabia, mas continha o riso.

– *Tá judiando das criação!* – imitei a voz de Dionísia.

Ela então não se aguentou. Gargalhou. Depois ficou meio azul, tampando o riso com as mãos. Deu as costas. Saiu correndo para o quintal. Fui encontrá-la sob a jabuticabeira. Estava novamente séria, sentada no banco de pedra. Fui sentar-me a seu lado.

– Como está o seu pai?

Era novamente a Júlia discreta, compenetrada, olhos baixos. Jamais se soltaria?

Bois e vacas rompiam a casca dura do dia com os seus mugidos. Céu azul. Azulíssimo. Verão com montes de cigarras. A chácara é o paraíso das cigarras.

– Está bem, obrigado. Sempre metido com os seus cálculos de Engenharia. – Fiz uma pausa. Acrescentei, pra chatear: – Minha mãe também está legal. Comprou um carro novo semana passada. Está namorando um cara de Brasília, do alto escalão.

Ela enrubesceu. Pensei que ia cair de costas, durinha.

Senti prazer em ir mais longe, quebrar um pouco aquela resistência, aquele preconceito que não era para a idade dela, que lhe tinha sido empurrado por Dionísia e Dinha. As duas até que eu entendia que tivessem esses pruridos de mulheres velhas, *não se pergunta por senhora separada ou mulher da vida,* mas ela? Se aos quinze anos de idade agia assim, aos trinta estaria tão cheia de tabus que ficaria insuportável.

Por isso continuei, como se falasse dos seus gatinhos: *papai também tem os seus namoricos, mas não leva nenhum muito a sério, sabe. Eu dou a maior força se ele quiser levar alguma dona pra casa. Mas nenhuma mulher vai querer me adotar nesta idade, vai?*

Ela se levantou.

– Acho que está na hora do almoço. Vamos?

Um carro de boi gemeu bem distante. Cigarras por toda parte. Eu estava suando no pescoço.

Acompanhei-a, chutando pedras, todo frustrado.

Dionísia e Dinha adejavam em torno da mesa botando pratos, talheres, guardanapos. O peixe derretia em molhos coloridos, manteigas, camarões miúdos, *champignons*, salsas picadas, alcaparras. Júlia comeu de olhos baixos o tempo todo. Dinha falou de tudo e de nada. Virava uma matraca quando comia. Dionísia ficou zanzando na cozinha, comendo em pé, ajeitando a sobremesa. Pudim de laranja. As latas de leite condensado se amontoavam na pia com as cascas de ovo e laranja. Meu Deus, a vida dessa gente é só comer. Sempre volto pra casa com um monte de quilos a mais, mesmo andando a cavalo e correndo atrás dos gansos, depois tenho de enfrentar regime duro. Por isso a Dinha e a Dionísia são duas pipinhas, simpáticas pipinhas se a gente tirar os preconceitos delas. Júlia come pouco. Tem um corpinho assim todo esbelto. Come de olhos baixos e sem ruído. Uma princesa.

★ ★ ★

Fico deitado na cama depois do almoço. Tudo zumbe de calor à volta. Deixo a janela do quarto aberta. As cigarras fazem grandes festas nas jabuticabeiras. Cantam em coro, afinadinhas. Deviam gravar um disco.

Meu quarto é todo infantil, ideia de Dinha. O gato Garfield faz careta na parede. Pato Donald. Mickey. Branca de Neve, meu Deus. Eu ia morrer de vergonha se entrasse algum amigo meu aqui. Meu quarto fica no andar de baixo da chácara, entre a cozinha e o banheiro. No andar de cima ficam o quarto de Júlia, dois de hóspedes e o de Dionísia e Dinha. As duas dividem o mesmo quarto desde que Dinha ficou viúva, há não sei quantos anos. Quando não estão cozinhando ou vendo TV, na parte de baixo, estão no quarto fazendo tricô ou rezando o terço. Adoram rezar, também. Fazem tudo juntas e com devoção derretida. Sobre a cômoda velha colocaram os seus santos, nunca vi tanto santo junto. O céu baixou ali em peso dentro de redomas. À noite acendem uma luzinha vermelha para eles. O quarto tem cheiro de coisa velha, pó de arroz, pomada, naftalina. Eu gostava de passear pelos quartos da casa quando era menino. O quarto de Júlia continuava infantil como o meu. Todo cor-de-rosa, cores leves. Um quadro com um anjo da guarda na parede, enorme. Pra que um anjo da guarda assim tão grande? Pra guardá-la das tentações da vida. Bonequinhas estrangeiras pelo chão. Um quarto de hóspede tem um Santo Antônio pintado na parede. Trabalho de um peão da chácara, artista da região. Madrinha contou que foi pintado há mais de trinta anos. O outro quarto de hóspede está sempre fechado à chave. Mistérios. Nunca entrei nesse quarto que imagino despojado, sem camas, sem enfeites e com teias de aranha pelos cantos. Talvez um rato grande passeie por ele de noite. Ninguém nunca me contou, mas acho que era o quarto de Dinha e seu marido, Vicente. Vicente deixou muita terra e muito dinheiro pra Dinha. Mas não deixou filhos. Acho que Dinha gostaria muito de ter filhos. Júlia, sua sobrinha, é como se fosse. Perdeu os pais em um desastre de carro quando tinha um ano de idade. Dinha pegou pra criar. Já tinha batizado, criou como filha. Eu também sou uma espécie de filho porque, como Júlia, sou seu afilhado. Dionísia é solteirona. Dizem que tinha uns namoros meio pesados aqui na região quando era mais nova. Chegou a ficar noiva, mas o rapaz fugiu com uma mulher casada. Coitada. Nunca mais quis saber de homem na vida. Suspira apaixonadamente diante da TV quando vê cenas de amor nas novelas. Funga chorosa, torce pelas mocinhas solitárias e abandonadas.

★ ★ ★

Acordei às cinco horas da tarde. Saí pra andar a cavalo. Não adianta chamar Júlia porque ela não gosta. Fica no quarto estudando ou na sala escutando música. Xuxa, Angélica, os Paquitos, as Paquitas. Meu Deus! Dinha está dormitando na rede do alpendre. Dionísia, claro, batendo panelas na cozinha. Fico uma hora galopando pelos arredores. Em pelo. Visito alguns amigos peões. Apeio na frente do Sindicato deles. Entro. Converso um pouco com Josias, o líder dos peões da região. Josias já foi preso como comunista. Alto, bigodudo, falante. Está sempre viajando atrás de deputado e de verbas para a região. Alguns peões trabalham pra Dinha. Josias me conta que recebeu carta de dom Hélder Câmara esses dias. É amigo de Lula, de padres progressistas, de líderes sindicais. O pessoal o adora por aqui. Me despeço depois de meia hora. Monto de novo. Galopo, galopo, agarrado na crina de Xerxes.

Já é noitinha quando volto pra chácara. As cigarras sumiram. Entraram os grilos. *Chorus Line* da roça. Tomo um banho demorado.

Vou pra sala de som ouvir um pouco de música. Trouxe algumas fitas, LPs e CDs comigo, coisas que eu gosto desde menino, Sepultura, Slayer, Metallica, Titãs, Anthrax, Obituary. A discoteca de Dinha é que é uma salada – boleros, sambas, rumbas, valsas, música de Natal, duplas caipiras, Angela Maria, tangos, o escambau. Nunca vi um gosto musical tão eclético. Júlia gosta de Barão Vermelho e Cazuza. Quando não está ouvindo Xuxa e companhia, está ligada no Cazuza e no Barão. Acho que ela tem futuro, apesar de tudo. Fico curtindo o meu som até Dinha chamar para o jantar. Estou faminto. Devia comer menos, mas estou sempre com fome por aqui e a comida das duas é irresistível. Júlia está de banho tomado. *O que você estava ouvindo?*, pergunta sem me encarar. *Heavy*, respondo. *Não consigo gostar,* ela revela. *Você gosta é da Xuxa*, digo com crueldade, abrindo o guardanapo. Ficou vermelha. Ô mania.

O *fettuccine* está ótimo. Como sem parar. Conto pra Dinha que fui passear a cavalo. Conto tudo, onde estive, com quem conversei. Ela quer saber detalhes. Pergunta por alguns peões. Dionísia joga, no lixo, restos de espinafre e cascas de ovo. Traz a sobremesa. Floresta Negra. Júlia não quer. *Essa menina precisa comer direito, fico até sem graça*, reclama Dionísia limpando as mãos no avental. *Por que não faz como Marcelo*, continua, *que tem um apetite de cavalo*? Fico sem saber se isso é elogio ou ironia. Acho que é elogio. Ataco a Floresta Negra para fazer jus à fama. Uau, sou louco por esse pão de ló de chocolate, *chantilly*, cerejas.

Dinha suspende o garfo no ar:

– Ah, que cabeça a minha... Tenho de mandar alguém buscar a Olívia na rodoviária.

– Quem? – pergunto.

– Olívia, minha sobrinha torta. Você não conhece. Ela

vem pouco aqui e, das vezes que vem, você não está. Ela te conhece de nome, de fotografias no álbum. Seu pai nunca te falou da Olívia?

– Não.

– Bem, ela é outro ramo da família. Está sempre na Europa. Moça muito prendada, fala línguas. Você, que também já esteve na Europa, com o seu pai...

– Com o meu pai e a minha mãe – corrijo.

Dinha faz que não ouve e continua – ... há de gostar dela. Amanhã é sábado. Por que não dão um passeio de carro pela redondeza? Aliás, já tirou a sua carteira?

Pego mais um pedaço de Floresta pra mim.

– Ainda não, Dinha. Ano que vem é que faço tudo, com dezoito anos. Vestibular, carteira de motorista, serviço militar.

– Militar? Quem é militar – pergunta Dionísia, de ouvidos acesos. Adora uma farda a Dionísia.

– O Marcelo – brinca Júlia.

– Marcelo, militar? – Dionísia exulta e vem para a mesa, os olhos arregalados. – Você vai sentar praça, Marcelo?

Dinha ri. Júlia leva o guardanapo à boca e também ri, discretamente. De vez em quando ela surpreende. Tem senso de humor. Mas é tão raro.

– Vou ser marechal, Dionísia – brinco com ela.

– Ai meu santo, marechal Marcelo...

Dionísia está de boca aberta.

– Marechal da banda, Dionísia – completo.

– Ah, seu bobo...

Decepcionada, Dionísia volta para a sua cozinha. Adora um quartel. Se cozinhasse no QG, ia dar pão de ló para os milicos todos os dias.

Dinha arreda o pratinho de sobremesa e fica brincando com algumas cerejas, espetando-as com o garfo. *Sabem por que me lembrei de Olívia? Porque vi essas cerejas. Ela tem um broche de cerejas que ganhou da mãe quando era menina e que nunca mais largou de usar. Tem verdadeira paixão pelas cerejinhas. A irmã, que morreu há dois anos, usava moranguinhos, também presente da mãe. Mas isso é uma longa história.*

– Não entendi bem o caso, Dinha – confesso.

Júlia levanta-se, entediada. – É uma história boba, não vale a pena.

Dinha também se levanta, apressada:

– Dionísia, manda chamar o Rodrigo. Quero que ele vá buscar a Olívia de charrete. Ela chega daqui a duas horas, mas é bom que ele vá de uma vez.

Dionísia sai para chamar Rodrigo e eu fico sentado, pensando nessa moça que usa cerejas penduradas no vestido.

★ ★ ★

Eu estava no meu quarto lendo *A Festa de Babette*, de Isak Dinesen, e pensando como tudo aquilo parecia com a cozinha da chácara quando Dionísia gritou, do alpendre, *eles chegaram*. Continuei deitado. Júlia e Dinha saíram apressadas. Ouvi os cumprimentos e o arrastar de malas, mas não me sentia disposto a me levantar. Ouvi quando Rodrigo, o pretinho empregado de Dinha, tocou a charrete para o fundo do quintal. Ouvi o alvoroço das quatro mulheres. Fechei os olhos, com o livro aberto no peito, fingindo dormir. *Sou um macho em extinção neste covil, pensei, e essa tal Olívia deve ser um dragão*. Minha porta estava cerrada. Devia ter trancado. Fiquei assim fingindo de morto uns quinze minutos até que Dinha me chamou. Era inevitável. Ela sabia que eu não dormia cedo. Olhei o meu relógio de pulso. Dez e meia da noite. Dinha veio pessoalmente ao meu quarto, abriu a porta sem cerimônia, como costuma fazer – afinal, a casa é dela – e intimou:

– Vem conhecer Olívia, Marcelo.

Voltou sacolejando para a cozinha, onde estavam todas no maior tititi de mulher. Mulher quando se junta é o fim. Faz o maior carnaval. Gritinhos, beijinhos, segredinhos. *Vamos à luta*, pensei. E saí do quarto com o ânimo dos que caminham para a forca.

Ela estava de costas, abrindo pacotes. Dinha bateu em seu ombro.

– Este é que é o Marcelo, Olívia.

Então ela se voltou. Levei o maior susto.

Era linda. Tinha uns vinte e cinco anos ou vinte e seis. Era um "avião".

Ela ficou me olhando. Então sorriu.

– Oi, Marcelo. Já ouvi falar muito em você. Prazer.

Estendeu a mão. Eu, a minha. Pareceu uma eternidade-luz aquele aperto de mão. Gaguejei *o prazer é meu*. Me senti a Júlia. Teria ficado vermelho? Nunca sentira aquilo diante de uma mulher. Ela, enfim, se desprendeu de mim e voltou a abrir os embrulhos. Foi rápido, poucos segundos. Mas o bastante para me derrubar. *Uau, que monumento*, pensei, *e o burro aqui fingindo que dormia*. Fiquei sem saber o que fazer. Sentei-me em uma cadeira. Ela era toda certinha, cabelos curtos, soltos, blusa azul de seda, bermudas brancas, sandálias brancas. E, eu havia reparado, quatro cerejas pequenas cintilando na blusa. O contraste das cores vermelha e azul provocava impacto.

Da cadeira, estiquei o pescoço. Duas pernas longilíneas tostadas de sol. Eu estava todo seco por dentro. Pedi licença, fui pro alpendre. Dinha resmungou alguma coisa parecida com *menino esquisito, não liga não*. E então ouvi ela dizer uma coisa que me fez pular o coração, *ele é uma graça.*

Fiquei balançando na rede, *uma graça, uma graça.* No céu, empurrada por flocos de nuvens, rolava uma lua azul inteira.

Não vi mais Olívia naquela noite. Subiram as três rapidinho para os quartos. Tinham muito o que conversar. Não consegui pregar olho durante um bom par de horas. Estava inquieto, meio febril.

★ ★ ★

No dia seguinte, na hora do café da manhã, eu estava de olheiras. Resmunguei um bom-dia pra Júlia e perguntei *você não vai à aula*? Ela me olhou espantada, *hoje é sábado.* Dinha e Dionísia serviram o café. Olívia desceu logo depois, perfumada de sabonete, sorridente, descansada. Deu um alô geral, perguntou se tínhamos dormido bem. Tive vontade de dizer *dormi pessimamente por sua causa.*

Sentou-se bem à minha frente. Dinha, na cabeceira, nos passava o leite, o queijo, o café e o presunto. Tive a impressão que ela me olhava atentamente enquanto mordia uma maçã. Mas eu estava com a síndrome de Júlia, os olhos postos no meu pão. *Idiota, dá uma paquera*, pensei. Cortei o queijo e aproveitei para olhar o seu rosto. O maior flagra. Ela me olhava direto, sem rodeios.

– O Marcelo vai sair de carro com vocês – anunciou Dinha. – O sábado está lindo e é preciso que vocês, jovens, tomem um pouco de ar fresco.

*Com vocês* significava com Júlia. Ela bem que podia ficar vendo a Xuxa na TV.

– Vamos à lagoa – sugeriu Júlia. – Adoro os peixinhos.

*Ela adora os peixinhos, meu Deus*, pensei com o

maior desânimo.

– Você dirige há muito tempo, Marcelo?

Era ela, me perguntando.

– Hein? – perguntei, burramente.

O maior constrangimento.

Consertei rápido *ah, claro, há muito tempo. É.*

O *é* soou muito mal. Eu estava, de fato, muito burro naquela manhã.

Dionísia salvou a situação.

– Vou fazer um escalope pro almoço. Ou vocês querem outra coisa? Podem pedir que a escrava velha aqui sabe quinhentas receitas.

Suspirei aliviado. As atenções agora estavam voltadas para Dionísia.

– Ah, Dionísia – falou Olívia, meio enternecida. – O que você fizer está ótimo. Eu não tenho cerimônias, você sabe. Por outro lado, adoro escalope. Você gosta, Marcelo?

A bola voltava pra mim.

– Gosto muito, demais – respondi. Aproveitei e me levantei: – Vou pegar a chave do carro.

Eu estava emocionalmente um trapo.

– E eu vou buscar o meu chapéu de palha – anunciou Júlia.

– Ei – reclamou Dinha. – Que debandada é essa? Tomem os seus cafés direito.

Fingi que não ouvi. Fui pra sala de som atrás da chave, que ficava na gaveta do armário verde. Aproveitei e me afundei na poltrona. Estava sem fôlego. *Ela me tira o fôlego,* pensei. *E está a fim de mim. Eu acho. Será que não? Pode ser delicadeza da parte dela esse negócio de ficar olhando, perguntando, dando atenção. Não. Acho que ela está a fim. Ou não. Puxa vida, claro que está, me comeu com os olhos.*

Júlia entrou na salinha com um chapéu imenso e ridículo na cabeça.

– Vamos, Marcelo?

Olhei estupefato pra ela. Júlia estava sempre me surpreendendo.

Peguei a chave e saí.

Olívia já estava no alpendre, com Dinha. Diminuí o andar para observá-la melhor. Calça jeans, blusa de malha colante. Co-lan-te, meu Deus. Lenço de seda no pescoço. Sapato plataforma. Subi de novo pelo seu corpo meu olhar de tigre na espreita. Ah, e as cerejas presas na blusa. Nunca tirava aquelas cerejas? Devia dormir com elas. Que coisa.

– Deem um bom passeio – falou Dinha beijando Olívia – e só voltem para o almoço. Quero que se divirtam.

Abri as duas portas da frente do Volvo de Dinha. Júlia fez menção de entrar na frente, mas eu abri rapidamente a porta de trás e empurrei-a delicadamente para dentro. Parece que Olívia percebeu a manobra. Sorriu de leve, olhando para alguma coisa no céu.

Dei a partida. As cigarras explodiam de felicidade e de verão. Eu também. Sábado glorioso.

O verão soprou dentro do carro o seu rito e o seu hálito de luz e fogo. Não sei quanto tempo ficamos em silêncio. O carro corria maciamente. Eu estava com as mãos um pouco suadas e às vezes passava uma delas na calça. Com o rabo de olho paquerava Olívia. Seios delineados pela blusa de malha, que beleza. De repente ela começou a conversar. Queria saber quando eu tinha ido à Europa. Contou que ia sempre. Adorava a Itália e a França. Mais a Itália. Conhecia a Europa inteira. Mas sempre voltava à Itália. A neve, ah, a neve, o Natal em Roma, Nápoles. Eu disse a ela que havia curtido mais a França.

– Não gosto da Europa – falou Júlia. (Eu havia me esquecido dela com o seu chapéu de Greta Garbo lá atrás.) – Se um dia eu tiver de viajar para o exterior, quero ir aos Estados Unidos. Uma amiga minha foi, trouxe fotos. Gostei tanto... – (Devia estar falando de olhos baixos como se estivesse no avião sobrevoando a costa leste do seu amado Estados Unidos. Sua cabecinha era a própria Disneyworld.)

Paramos na lagoa. Oásis. Árvores, pedras redondas, mato e o espelho azul sereno, tanta água, tanto peixe. Fomos nos sentar em uma pedra, a maior delas. Júlia tirou o chapéu, abanou-se. *Ai calor*, reclamou. Saiu andando pela margem da lagoa. Perdeu-se no meio das árvores. Olívia brincava com as suas cerejas. Levantou-se:

–Vamos passear.

Escolhemos o lado oposto ao de Júlia. De repente ela pegou na minha mão. Esfriei. Continuamos andando em silêncio. Esquentei, esfriei. Então ela se colou a mim. Sua boca procurou a minha. Estávamos entre árvores. Eu não acreditava que aquilo estivesse acontecendo. Era demais, demais. Ela estava fervendo. De repente, os passos. Nos soltamos. Cada um para o seu lado. Eu estava tonto. Júlia apareceu com um raminho de flores na mão:

– Descobri um jardim natural ali atrás. Vamos lá.

As duas foram na frente. Eu me agachei e joguei água no rosto. Mordi os lábios. O mundo estava tão quente, estufa pura, que eu podia ficar o dia inteiro dentro da lagoa, o dia inteiro.

Júlia, até a hora de voltarmos para a chácara, não se despregou mais de nós. Parecia que desconfiava de alguma coisa, que intuía o que acontecera ou podia acontecer entre nós. Intuições femininas. Odiei Júlia durante todo o tempo, sempre ciceroneando Olívia, puxando-a de lá pra cá, mostrando florzinhas, ninhos de passarinhos, peixes saltadores, frutas do mato.

Quando voltamos para a chácara já era uma hora da tarde. Chovia fino, consequência da estufa do dia. Chuvinha de verão que prometia durar.

Almoçamos escalope, como Dionísia havia prometido. Estava tudo ali, a química divina de Dionísia, filé, cebola, salsão, cenoura picada, molhos, tudo misturado a vinho branco, diluído em farinhas, óleos, sais, tudo na medida certa, na temperatura certa. A salada russa e o arroz à grega – que Dinha fez questão de contar ter sido ela a autora – estavam tão deliciosos quanto o escalope.

Dinha elogiou o nosso apetite e as nossas cores saudáveis. Não consegui comer a sobremesa, doce de abóbora. Estava tudo misturado na minha cabeça, o beijo, o sol, o apetite, a confusão do amor e a chuva lá fora, aumentando.

Júlia e Olívia se ofereceram para lavar os pratos. Fui para a sala de som.

Eu estava lendo um artigo sobre o *Information Society* na revista *Fama* quando Olívia entrou. Não tocou no que acontecera entre nós dois, na lagoa. Começou a falar sobre a irmã dela, Vanessa, que havia morrido dois anos antes. Uma coisa patética. Suicídio por amor. Conhecera um homem em Nápoles, Maurízio. Se apaixonara por ele. Maurízio era casado mas não usava aliança. Deixara Vanessa se envolver com ele, prometera casamento, vida feliz cheia de filhos na Itália ou no Brasil, engravidou-a e depois, cinicamente, contou tudo à verdadeira mulher.

– A mulher dele – continuou Olívia, pegando um LP

na estante – procurou Vanessa no hotel, em Nápoles, e lhe disse uma série de desaforos. Teria batido nela se minha irmã não tivesse chamado um rapaz na portaria, pelo telefone. Isso arrasou com a vida da menina. Ela era tão doce, tão inexperiente. A vida às vezes é muito cruel.

Olívia colocou o disco no prato.

– Ouça esta música. Era a predileta dela, na Itália. Ornella Vanoni cantando *Senza fine*. Quando ela voltou para o Brasil, vivia escutando esta música. Dizia que ela lembrava os momentos felizes que passara com Maurízio.

Ornella Vanoni começou a cantar a música. Uma canção muito suave, um pouco triste.

– Não me importa a lua, não me importam as estrelas... sussurrou Olívia. Estava traduzindo a letra. – Vanessa não ficou com ódio de Maurízio, apesar de tudo. Ela não conseguiria odiar ninguém. Éramos gêmeas. Quando nascemos, mamãe nos deu dois presentes, dois broches. O meu era de cerejas, estas aqui – acariciou as quatro cerejinhas penduradas na blusa. – O broche de Vanessa era em forma de moranguinhos. Os dois eram muito parecidos. Quatro morangos vermelhos, quatro cerejas vermelhas. Quando fizemos oito anos de idade começamos a usá-los. Eram uma espécie de marca nossa. As pessoas nos identificavam por eles, Olívia com as cerejas, Vanessa com os morangos.

A janela da salinha bateu com estrondo na parede e a chuva entrou em lufada, molhando o carpete. Levantei-me e fechei a janela. Alguém fechou uma porta na cozinha.

– Um dia – continuou Olívia – eu entrei no quarto de Vanessa e ela estava morta. Uma overdose de remédios, uma coisa estúpida.

A música acabou.

– A música é maravilhosa, de fato – comentei –, e isso tudo é muito doloroso. Eu não sabia. Você sofreu muito, não é?

Olívia não respondeu. Colocou a agulha novamente no início de *Senza fine*.

A chuva, aquela história e aquela música me deixaram deprimido. Fiquei olhando Olívia sem saber se a beijava – perigoso, ali – ou se dizia alguma coisa de consolar.

Dionísia entrou na salinha com um esfregão.

– A casa está inundada, Santa Bárbara – falou, meio histérica. – A cozinha tem goteira, o andar de cima tinha lama no corredor. – Enxugou o carpete. Saiu desabalada.

A luz piscou.

Então, no meio da música, comecei a descobrir que ela era uma das canções mais inspiradas que já ouvira na minha vida. Eu, que estava acostumado a ouvir som pesado, começava a descobrir a beleza de uma música sem atropelos e dissonâncias. Ela fluía como um rio, um arco-íris. Ela era linda, a música, e ela era linda, Olívia. Assim triste, desprotegida, me passou uma impressão de abandono absoluto.

Dinha entrou na salinha, quebrando o encanto.

– Crianças, venham me ajudar a salvar a Arca de Noé. Nunca vi chuva assim...

Acompanhamos Dinha. Aproveitei – estávamos atrás – e apertei a sua mão. Ela sorriu de leve e agradecida para mim.

Passamos o fim da tarde colocando vasilhas sob as goteiras e panos sob as portas e janelas. A luz piscava alternadamente. Tomei um banho demorado. Na hora do jantar, mais uma *sensação* colorida e fumegante de Dionísia, não me sentei à mesa. Estava com dor de cabeça. Fiquei no quarto, lendo Carlos Drummond de Andrade. A chuva, a chuva. Trovões, relâmpagos estalando pelo mundo vasto de Drummond. Imaginei os insetos e as aves boiando na lagoa inundada. Meu peito apertou quando pensei nos pobres peões e suas casinhas.

Senti um frio de repente. O frio da chuva? Virei o rosto para a porta, que rangera. A luz piscou. Olívia sentou-se na cama. Estava com as mãos frias. Beijei-a no rosto, na testa. *Senza fine*, ela murmurou, acrescentando *sem fim*. Apertei-a contra o peito. As cerejinhas espremidas entre nós dois. E então a luz apagou de vez. No escuro, no escuro duro e irremediável, nos contorcemos. *Te amo*, ela murmurou. Ela era só murmúrio, só gemido. Enfiou alguma coisa no bolso da minha calça – *este broche é para você, para sempre, sem fim.*

Protestei: *mas foi a sua mãe que te deu, você não deve...* Ela colocou a mão fria sobre a minha boca, *te amo senza fine.*

Uma luz brilhou na porta. Alguém com uma vela. Júlia, sempre Júlia nos momentos errados. A luz desapareceu, bruxuleante, como surgira. Olívia levantou-se. Saiu em silêncio. Fiquei deitado na cama, vazio, sem pensamentos. A casa boiava no dilúvio.

★ ★ ★

Na hora do café da manhã – a chuva acabara, enfim, e o mundo voltava a ser seco, planeta Terra – Dinha nos contou que Júlia estava de cama, com febre. Febre repentina. Parecia sarampo. *Coitada*, comentei, olhando Olívia. Ela sorriu para mim. Estava encantadora, cabelos soltos, um lenço largo no pescoço, descendo até a cintura.

– Seu pai telefonou, Marcelo – contou Dinha. – Ele quer que você volte no ônibus de hoje. Surgiu um probleminha no escritório e ele quer que você resolva para ele. Uma pena que você tenha de ir. Já mandei Rodrigo comprar a passagem.

– Que pena – repetiu Olívia.

– Ô vida complicada – gritou Dionísia da cozinha, cortando um abacaxi. – Gente doente, chuvarada, casa suja e o Marcelo vai viajar sem almoço.

– Sua passagem está marcada para daqui a uma hora – falou Dinha. – Achei melhor você viajar antes do almoço para não chegar muito tarde. Preparei um lanche gostoso para você levar.

Depois do café subimos para ver Júlia. Estava dormindo, o rosto afogueado. *Sarampo é coisa boba*, sussurrou Dinha, *mas é bom que vocês crianças não cheguem perto. Eu sei que vocês dois ainda não tiveram. Isso pega como uma epidemia.*

Mandei um beijo de longe para Júlia. Julinha. *Fique boa logo, doidinha*, pensei.

Até a hora de viajar não pude estar sozinho com Olívia. Dinha e Dionísia estavam sempre por perto.

Na hora da viagem, Dinha resolveu:

– Vamos levar o Marcelo, Olívia.

Rodrigo fez *ôa* e os cavalos dispararam. Fomos sacolejando até a rodoviária. Dinha sentada entre Olívia e eu. Não tive coragem de olhar para ela, dizer alguma coisa, mesmo cifrada. Quando chegamos, o ônibus já estava estacionado. Rodrigo levou a bagagem. Dinha me abraçou, fungando, e me beijou. *Lembranças ao seu pai...* (*Nunca à minha mãe*, pensei.) Olívia veio e me enlaçou delicadamente. Beijei-a no rosto. Quis dizer *amanhã te telefono*, mas Dinha estava colada nela. Entrei no ônibus.

Sentado na poltrona, acenei para as duas. O ônibus partiu. Dinha acenou. Olívia tirou o lenço e abanou-o para mim. Afundei-me na poltrona. Alguma coisa me inquietava. Não sabia o que era. Meia hora depois alguma coisa brilhou na minha cabeça. Era o lenço de Olívia. Quando ela tirou o lenço, as cerejinhas brilharam, penduradas na blusa. Mas se ela me dera o broche... enfiei a mão no bolso. Não precisei tirar as frutinhas para saber que ali, juntinhas e vermelhas em seu galho verde, não estavam as cerejas, não estavam. Morangos são ásperos, não possuem a natureza aveludada das cerejas.

*MÁRCIA LEITE*
*Paulistana, colaborou com a TV Cultura escrevendo muitas peças para o programa Bambalalão, além de ter vários livros publicados.*

# Antes do jantar

Dona Joana, coitada de dona Joana, acha tudo sempre bom. Se salgo demais, se carrego no açúcar, ela, incapaz de me chamar a atenção, nem sequer levanta os olhos do prato. Está tudo sempre bom. Também, depois de tantos anos... mas essa dona Olívia... essa dona Olívia... "Dionísia, está muito gostoso, mas eu vou lhe ensinar um segredinho: desencaroce as azeitonas. Você não imagina que prejuízos um carocinho desse pode causar a um sorriso. Sem contar, Dionísia, como é constrangedor retirá-lo da boca, tão deselegante... Não aqui e agora, naturalmente, pois que somos todos de casa, não fazemos luxo, mas você, Joana, que vive recebendo, e com tanta hospitalidade, deve lapidar

melhor a boa mão de Dionísia. E as pretas, as azeitonas pretas, são mais apropriadas aos pratos de forno..." Essa dona Olívia! Trinta anos esquentando a barriga neste fogão e precisar ouvir calada que as pretas são as melhores. Pois eu não copiei tintim por tintim da receita daquela revista com que a madame se abanou durante o desjejum? Doze azeitonas verdes inteiras, é o que dizia. Se não fosse o respeito por dona Joana eu retrucava, ah, retrucava. E tinha vontade de começar dizendo que a cadeira que sustenta o seu traseiro é a mesma onde eu me sento todos os dias quando estamos sem hóspedes, porque os de casa são dona Joana, a menina e eu. Esta preta aqui já há anos senta-se à mesa dos patrões e nunca recebeu uma reprimenda por ter mandado alguém ao dentista. Duvido até que nessa tal de Europa – como enche a boca para dizer Europa – coma-se um empadão de galinha melhor que o meu. Hoje, para revide, caprichei na calda do manjar: muitas ameixas. Todas com caroços. Coitada de dona Joana. Como o sangue desvirtua. Não são da mesma família? Não têm os mesmos avós? Uma cega de tanta bondade, enquanto a outra... coitada de dona Joana. Se já não enxergava um palmo adiante do nariz, agora sem óculos... e a outra lá com o menino. E eu que ouse abrir a boca, macular o respeito pela prima. Vai me mandar rezar, como já fez tantas vezes, e depois dirá que estou envelhecendo, perdendo o tino. O jeito é carregar nas caldas de ameixas e compotas de frutas. Tamanha pouca-vergonha. Como pode ser tão sonsa? Engatinha de um cômodo a outro se encostando, se abanando, se queixando e o olhar, o olhar sempre procurando o menino. Esse, se também é outro cínico, pelo menos come o que eu faço e não desdenha. Ainda ontem eu vi, vi quando ela o seguiu até a estrebaria. Quase anoitecia. Dona Joana nos bordados. A menina se banhava. Saiu fortuita, mansinho, pisando leve pela minha cozinha. Fingiu que não me viu escolhendo feijão e escapuliu pela porta dos fundos. Como se meus olhos só enxergassem aquele montinho de grãos. Qual! Foi só sair pela minha porta que lá eu me plantei. Sentada no degrau que dá para o pomar nunca, nunca me veria. Sei me esconder. Conheço bem cada copa, cada tronco. Nenhuma árvore tem segredos para mim. Esperou Marcelo apear e se aproximou. Os dedos roliços ora acariciavam a crina do animal, ora os cabelos do rapaz. O desmamado não se afastava. Bem que a cabeça do cavalo às vezes se punha entre a dos dois. Barão sempre aprendeu tudo muito depressa, sabe lidar com os homens, viu logo que as cerejas eram tão falsas quanto a dona. Não ouvia o que falavam. Nem o fulgor da primeira estrela fez com que eu me movesse, quase nem respirava... mas bastou dona Joana tropeçar na falha do ladrilho, perguntando se não estavam a queimar os biscoitos, de pronto acendi as luzes. Cochilo de velha, falei. Fingi surpresa quando ela entrou pela mesma porta reclamando do mormaço da tarde. O rosto em brasa. O peito arfando. "Veja só que disparate, Dionísia, um entardecer tão lindo e quando dei por mim tinha adormecido! Sofro tanto com o calor... amanhã, quem sabe, alguém possa distrair-me enquanto caminho. Joana perguntou por mim?" – e olhou de soslaio enquanto beliscava um dos biscoitos. Falsa, falsa, falsa, resmunguei baixinho. "Como disse, Dionísia?" Sossegou quando afirmei que ninguém dera por sua falta. Pobre de dona Joana, desdobrar-se em atenções por essa aí. Abrigar aquele escorpiãozinho... Hoje mal se falaram à mesa do almoço. Ela naquele pedestal, guardanapo deitado nas pernas, um abano e uma garfada, um abano e uma garfada. Ele, naquele silêncio. Ponho minha mão no fogo: hoje ela não vai ao tal passeio acompanhada. A tempestade promete. Quero só ver como essa dona Olívia acalmará o seu calor com o céu se derramando. E ela que se queixe de minhas ameixas agora no jantar. Coitada de dona Joana...

★ ★ ★

Olivinha é um doce de criatura, não acha, Dionísia? Tão fina, tão elegante, tão polida. Bem se nota que teve berço. Você sabe, estudou na Europa. Titia, depois que se casou, ficou muito prosa. E além de tudo era uma lindeza, como Olívia. A mais bonita das quatro irmãs. Apaixonou-se cedo pelo médico da cidade, jovenzinho ainda, família abonada. Foi educada para casar, como mamãe, como as irmãs, mas casamento para ela não era filhos nem casa. Casamento era o marido. Que adoração, que loucura tinha por ele. E, cá entre nós, Dionísia, como era mulherengo. Ela sabia disso. Fingia, mas sabia. Todos sabiam. E pra vigiá-lo melhor foi pondo os filhos de lado. Não que fossem maltratados, imagine, com tanto dinheiro, mas sempre lhes faltou uma mãe amorosa. Internato de freiras, padres, colégios no estrangeiro, você sabe, não substituem um colinho de mãe. Ela chegava até a confidenciar: que Deus lhe tomasse um filho, mas nunca lhe levasse o marido. Os céus castigaram, você lembra, não, você ainda não estava conosco, pois é, perdeu seu segundo ainda criança, tuberculose. Quase enlouqueceu. Depois vieram os anos e as meninas, três filhas – Olivinha é a caçula –, a mudança para a capital. Tinha ciúmes das próprias filhas, acredita? Achava que lhe roubavam o carinho do marido. Pobrezinhas, então foram sendo espalhadas por aí. Otavinho, o mais velho, não! Ficava às suas saias, mas as meninas, não as queria por perto. Desejava

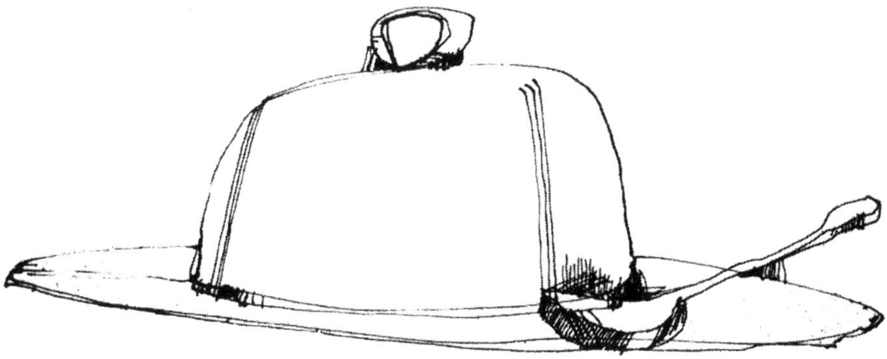

ser a única a reinar na casa. Mamãe nunca aprovou essa atitude da irmã, mas a distância, os ares novos da capital... foram ficando tão distantes, quem haveria de se intrometer, não é mesmo? Olivinha herdou a vaidade da mãe. Lembro-me dela nas festas de ano quando a família toda se reunia. Parecia saída de um figurino. Todas as mulheres ajudavam na cozinha, ela não. Muito ereta, ao lado do marido, não se incomodava com as conversas masculinas. Nessas ocasiões as meninas a acompanhavam. Coitadinhas, quem as fazia trepar numa árvore, banhar-se no rio, ou até mesmo pular corda? Tão educadinhas elas eram. Você vê, Olívia, não vê? Quando titia morreu, que Deus a tenha, nenhuma das filhas estava com ela. Uma casada em Minas, não chegou a tempo. Hortênsia e Olívia fugiam do inverno paulista fazendo compras em algum canto da Europa. Disseram-me que nenhuma delas lamentou com o coração a ausência da mãe. Nem sequer o marido. Olívia ficou muito bem de vida com a separação dos bens. O pai fez logo questão de dividir tudo o que possuía. Sabe como são os homens, lavou as mãos da responsabilidade. Filhas maiores, independentes. Hortênsia fez família fora do país, nunca mais vi. Otavinho ficou com a clínica do pai, parece que é muito conceituado. E Olivinha, coitada, bamboleia de um lado para o outro na casa dos parentes e irmãos. Não sei por que ainda está solteira. Bonita e educada como é. Daria uma boa mãe. Viu só como trata esse menino do Romeu? Que paciência tem com ele. Sempre a desculpá-lo, a defendê-lo. Por certo deve sentir falta da maternidade. Afetuosa como é, vai acabar fazendo como eu um dia desses: arranja um afilhado para criar. Soube que um dia quase se casou. Cheguei até a iniciar um jogo de cama com coroas de flores trançadas no corpo das fronhas e do lençol. Sem monograma, não sabia o primeiro nome dele. Disseram-me apenas que Olívia faria um bom casamento unindo-se a um dos Torres. Parece que era bem mais velho que ela. Depois não se falou mais nisso. Anos atrás, aqui na copa, mostrei-lhe o jogo, cheirava a naftalina. Achou engraçadinho e num suspiro comentou: "Acha que levo jeito de viúva, querida? Pois se me tivesse casado já o seria". Não é que o tal do noivo defunto queria arrastá-la para a fazenda da família no interior de Goiás? Vê-se logo que esse casamento não teria bom enredo. Isso de se trancafiar no meio de árvores não é vida para Olivinha. Apesar de pacata, não vê como se entendia? Da sala à varanda, da varanda à mesa, da mesa ao quarto. Custou-me arrancá-la para tomar um pouco de sol. Envelhece a pele, disse. Tão amável! Ainda ontem elogiou minhas violetas: "Que graúdas, parecem camurça...". Depois reclamou que o clima da chácara não lhe permitiu desfazer dois terços das malas. "Eu trouxe tantos vestidos, Joana, e ando praticamente nua." E, deve sentir falta do que a roça não lhe pode oferecer. Deus permita que o temporal que se anuncia não a atemorize. Quando criança, eu bem mais velha, precisei segurar sua mão durante uma chuva de verão. Ela tremia, pobrezinha morria de medo dos relâmpagos. Não seria prudente deixar as velas à mão, Dionísia? Com um tempo desses, nunca se sabe... O menino já chegou da montaria? Graças a Deus. Então vou avisar Olívia que o jantar já está pronto.

★ ★ ★

Eles se aproximam como um bebê do peito da mãe. Famintos. As mãos ainda não acariciam, tateiam. O olhar engole tudo ao mesmo tempo. Não veem a história das curvas, tampouco a rigidez dos tecidos. Os rapazinhos enxergam a mulher. Não lhes interessa a origem do perfume, cheiram a fêmea. Não atinam aquilo que ouvem, apenas o consentimento. Ah, como revivescem... Já Heraldo, como envelhecia sentir-se mulher a seu lado. Dizia que me amava. Mas como acreditar em um homem que chega solteiro na sua idade? Amava-me mesmo? Amava a mim ou ao que lhe oferecia? A mim ou às minhas pérolas? A mim ou aos jantares? A mim ou aos ternos, relógios, viagens... Um rapazinho não nos diz amar, mas em compensação entrega-se com tal intensidade, com tal sinceridade, que o amor se cristaliza num único suspiro. Heraldo não, tantas palavras: "Você, Olívia, é a mulher perfeita para um homem como eu", "Não sei o que me proporciona mais prazer: a sua presença ou a saudade quando estamos distantes", "Este vinho não teria o menor encanto se o saboreasse sozinho". Um rapazinho não tem palavras. Um rapazinho não sabe nunca o que dizer. Um rapazinho cora ao pensar em falar. Engole palavras, corta frases, gagueja. Seu corpo e seu pensamento não funcionam simultaneamente. Um rapazinho simula a seriedade dos homens. Heraldo nunca foi sério com as mulheres. Sabia como divertir e arrancar um sorriso. Galanteava sem parecer galanteio, seduzia sem parecer sedução, até parecia amar. Um dia, aparando o bigode no meu toucador, olhou-me pelo espelho e disse que éramos colecionadores. De quê?, questionei. Eu coleciono selos, você amores. Eu coleciono mulheres, você perfumes. Depois sorriu perguntando se era o mais precioso dos meus vidrinhos franceses. Um rapazinho não pergunta nada. Não lhe interessa os sentimentos. Sabe que o presente é o seu tempo, e que o amanhã é tão incerto quanto o timbre da sua voz. Um rapazinho não deseja a mesma mulher por mais de uma estação. E é sempre secreto, nunca se revela, abaixa os olhos. A altivez de Heraldo era-lhe mais fiel que a própria sombra. Orgulhava-se do belo corpo, da máscula voz, do prazer que me proporcionava. Os cabelos eram aparados no melhor salão, os ternos talhados no melhor alfaiate. Sorria para mim e para as melhores vitrines quando viajávamos, sabia escolher. Sabia presentear. Um rapazinho já é a surpresa de um presente. Nunca se desnuda espontaneamente, tenta esconder no peito liso os pelos cuidadosamente semeados, a pele ainda feminina, a exuberância hormonal de seus odores. Os cabelos ainda guardam a maciez da infância e os braços, a coxa, trazem a ousadia de um potrinho parido. O corpo de um rapazinho sempre o trai, ainda são dois estranhos a se conhecerem. Heraldo não me conhecia realmente. Esperava que implorasse por sua fidelidade.

Tinha certeza do meu ciúme, da minha paixão. Se conhecesse realmente, não me teria traído. Principalmente com aquela a quem os anos ainda não castigaram. Tivesse ela a minha experiência e não se teria deixado levar pela suavidade de algumas palavras. E de flores, de minha florista. Joias, de meu joalheiro. Nunca me incomodou mimá-lo, era mais meu. Mas a todo um harém? Ah, Olívia querida, este rapazinho foi uma dádiva dos céus. E o que mais me poderá pedir, além de algumas cavalgadas após o jantar?

★ ★ ★

Ela acharia graça no meu pedido e antes mesmo do jantar comentaria com madrinha. Madrinha, assustada, correria até Dionísia. Dionísia, como sempre faz, me passaria um pito por preocupar madrinha "que lhe abriu os braços e lhe quer tanto bem". Marcelo, se soubesse, talvez me olhasse lá de cima: "Sua boba, não vê como ela é vulgar?". Ah, mas se vulgar é ser tão inteiramente fascinante como ela, então eu quero, quero ser vulgar. Mas como chegar até ela e pedir: me ensina, tia Olívia, me ensina a não ser como sou? Me ensina a transformar estes vestidos largos de boneca nesses seus panos macios, cheios de pregas e rendas e transparências? Me ensina como fazer estes cabelos tão rentes à nuca agitarem-se ao vaivém de uma ventarola? Me ensina, tia Olívia, a não cheirar como as mangas e as goiabas? A andar com esse passo de noiva entrando na igreja? A falar manso como as moças das novelas de rádio? E a olhar, tia Olívia, como quem precisa de óculos? Me ensina a sorrir sem a vergonha que conduz a mão na altura da boca? Me ensina o segredo dessas unhas de bicho preguiça? Me diz como faço para pronunciar as palavras sem essa melodia da roça? Me ensina a não bater os talheres e a sentar-me à mesa como quem está quase em pé? Me diz, tia Olívia, me fala o que faço, o que como, o que rezo para não ter estes peitinhos miúdos, este pescoço tão fino, estas pernas tão desajeitadas. E estes lábios, tia Olívia, estes lábios que mesmo pintados jamais serão como as suas cerejas carnudas. Nada em mim é carnudo, tia Olívia. Já os olhos, dizem que são meigos. Talvez coloridos ficassem belos. E as orelhas, que não são de abano, talvez ganhassem graça com os brincos de ouro, herança de mamãe. Me ensina tudo isso, tia Olívia, que eu devolvo, se quiser, por outros ensinamentos. Não, a senhora não gostaria de saber o que eu sei. Porque o que sei, tia Olívia, não deve ser vulgar. A senhora sabe ordenhar vaca? Fazer trança de pão-doce? Dobraduras de jornal? Engomar saiotes e camisolas brancas? Reconhecer o canto dos pássaros nas madrugadas? Sabe as músicas do coral da igreja? Sabe ajudar a parir égua? Depenar galinha? Colher fruta no pé? Fazer broinha de milho? Não, tia Olívia, a senhora não precisa daquilo que eu sei, não é? Também não tem importância, não sei ensinar. Mas posso aprender, se a senhora me ajudar. Então me ensina, por favor, tia Olívia, me ensina a não ser tão boba e a não ter tanto medo do que estou sentindo. Me ensina se pode ser bom gostar de alguém. Me ensina a ser o tipo dele. Tia Olívia, mesmo que o preço seja tão caro que eu me endivide por toda a minha vida. Porque quando ele se aproxima de mim, tia Olívia, eu sinto que estou onde nunca estive. Me ensina que lugar é esse? Me explica por que suspiro, por que não durmo, por que perdi a fome e o gosto por minhas brincadeiras de criança. Me ensina a fazer com que ele me olhe como ao cavalo que monta todas as manhãs, todas as horas. Me ensina a relinchar o que ele quer ouvir. Me ensina a achar o seu arreio e a segurá-lo sem me machucar. Porque ele é um centauro e eu, tia Olívia, não passo de uma caipirinha mirrada que aprendeu desde cedo que os homens, touros e garanhões são todos iguais. Me ensina, tia Olívia, a não ser como madrinha, como a preta Dionísia, como a égua Violeta, a paineira da varanda. Me ensina a não deixar a vida passar sem me marcar.

Ela acharia graça no meu pedido. Comentaria com madrinha, que correria até Dionísia, que me chamaria de lado. E Marcelo talvez me olhasse e dissesse: "Como você é vulgar, Ritinha, como é vulgar".

*FANNY ABRAMOVICH*
*Nasceu em São Paulo. Estudou em Paris, Roma e Buenos Aires. No Brasil foi professora, assessora de projetos e conferencista.*

# Em Paris, na primavera

Helô caminhava sorridente por Paris, no finalzinho de abril. Começara a primavera e Paris inteira floria. Encantada, olhava os pequenos vasos de gerânios pelas janelas dependurados, as árvores verdejando, as esquinas onde floristas juntavam cores e levezas em românticos e simples buquês. Com as flores, chegavam os sorrisos. Com os sorrisos, os corpos soltos e bailantes, envolvidos em coloridas e amplas roupas. Com os corpos soltos, os passos se tornavam leves, como que incapazes de pressa e distantes dos cobrantes relógios. Os olhos se deixavam arrebatar pela florida beleza de cada rua, de cada ruela, de cada praça. Respirava-se primavera! Irresistivelmente primaveris, sentiam-se todos.

Helô chegou nos Jardins de Luxembourg. Parecia ainda mais belo do que na segunda-feira. Circulou em torno dos bem-cuidados, coloridos e infindáveis canteiros de largos e azuis jacintos e de pequenos e aveludados amores-perfeitos plantados. Tomou-se de doçura. Sentiu a felicidade adentrar por cada poro de seu corpo. Rodopiou embriagada por pura beleza! Sentou-se num dos bancos, se esticou, relaxou. O sol levemente mordiscava a sua pele. Deixou-se invadir por tantas e deliciosas sensações. Espreguiçou vagarosamente o corpo e segurou seu pardo saquinho de cerejas cheinho. Lentamente começou a comer as vermelhas frutinhas, que se desmanchavam saborosamente pela boca. Tomou-se de gostosura.

Seguiu com o olhar algumas pessoas que por lá passeavam. Duas velhinhas com impecáveis coques e corretos *tailleurs*, uns tantos namorados se acariciando, um mímico fazendo a sua exuberante e desengonçada encenação, um grisalho e bigodudo senhor seguindo o seu bem-tratado cachorro, um jovem atleta com cara de americano brincando com um ioiô... Crianças fascinadas, com olhos arregalados, sentadas em verdes cadeirinhas assistiam a um divertido espetáculo de fantoches. Pedaços de mundo, pedaços de histórias... Sorriu divertida, levantou-se e recomeçou a caminhar.

Helô andava sem pressa. Passeando. Olhando a cidade, as pessoas, os prédios, as esquinas, os toldos, as mesinhas dos incontáveis cafés. Passava sempre por ali, mas sempre se dava conta do tanto que ainda não tinha visto. Um espanto, uma surpresa, a cada parada, a cada rua atravessada, a cada beco descoberto, a cada volteada. Se deixava ir, sem rumo definido. Virava à direita, depois à esquerda, repentinamente resolvia seguir direto, em frente. Ao sabor da vontade do momento.

Dobrou por uma ruela quase escondida, protegida e deparou com uma charmosa pracinha. Esbarrou numa lojinha repleta de quinquilharias antigas e divertidas e nela entrou e um tantinho ficou. Volteava e se surpreendia. Se surpreendia e mais arregalava os olhos, abria a boca e saboreava algumas cerejas mais. Tudo no mesmo ritmo: andar, resolver por onde seguir, descobrir, se espantar, comer, brincar com os galhinhos, sorrir, ajeitar os longos cabelos, cheirar as flores, jogar os carocinhos fora, acertar a saia e o decote teimoso da molenga camiseta. Sem saber, dançava. Um balé com improvisados e rodopiantes passos. Uma dança, onde seu par era Paris. Fascinadamente enamorada.

De virada de rua em virada de rua, deu em Saint Germain des Prés. Como sem querer. Sem planejar. Tomou-se de contenteza. Olhou bem olhado uma livraria, mexeu em incontáveis capas de discos numa loja onde tudo parecia ter, sentou-se num café famoso e um cafezinho tomou. Descansou. Os pés da longa caminhada. Os olhos de tanta beleza vista. Lá, fez anotações em seu diário, respondeu a uma longa carta pruma amiga do Rio de Janeiro, querendo dividir aqueles momentos de felicidade simples e plena. Desatenta, rabiscou cartões-postais para a madrinha, duas tias e um colega do antigo trabalho.

Subitamente resolveu ir ao cinema. Passavam todos os filmes do mundo e pôde bem escolher. Comprou um novo pacote com meio quilo de vermelhas cerejas e entrou na escura sala quando o filme começava. Prazer incomparável que a primavera proporcionava. Se deleitar com um filme enquanto comia cerejas, como se fossem pipocas. Quando as luzes se acenderam, nenhuma mais restava. Tomou-se de plena satisfação!

Entrou num café para telefonar. Ligou para Jean Marc, mas ele não estava. Decepcionada com a noite que não teria, tomou o metrô e voltou para casa.

Abril seguia suavemente ensolarado e gentilmente chamando para as ruas percorrer. Helô fechou o livro, os cadernos, largou os óculos sobre a escrivaninha e desceu os cinco andares do seu prédio. A pé. E a pé continuou. Por aqui, por ali, por acolá. Deslumbrada com a sedutora beleza de Paris. Beleza que se sabia bela e que não tinha pudor em se enfeitar, em se pintar, em se iluminar, em cada recanto especial. Uma cidade que parecia uma vaidosa mulher diante de um espelho, se preparando para um encontro há muito aguardado. Helô quis assobiar sua contenteza, mas não sabia. Cantarolou baixinho dengosas canções brasileiras enquanto andava. Música e paisagem no mesmo convidativo e oferecido compasso.

De repente, o Sena à sua frente, acenando para com ele ficar. Suspirou e se preparou. A alguns passos, numa esquina parada, uma charmosa carrocinha vendia brancas margaridas e rubras cerejas. Das duas, comprou. Voltou, desceu alguns degraus e acomodou-se num sossegado canto da margem esquerda do rio. Hora do crepúsculo. Tomou-se de tranquilidade. Deixou-se envolver pelas cores, pelo som, pelo movimento quieto, pela arquitetura imponente à sua frente, pela delicadeza do ramalhete de margaridas, pelo aroma das cerejas, pela magia do fim do dia.

Foi aí que lembrou-se das cerejas do Brasil. As primeiras que viu, ainda menina, não eram mais do que alguns galhinhos enfeitando a fruteira na festa de Natal. Sobremesa disputada, fazia mais sucesso que o manjar branco ou o pudim de coco, especialidades da avó. Todos os olhos, de todos os convidados, se dirigiam para aquelas poucas frutinhas. Disputa no ar. Crianças e velhos, mães e tios, todos querendo a elas chegar. Olhos de cobiça, mãos rápidas e, em segundos, não havia mais nenhuma na fruteira de cristal. Uma ou duas vezes, chegou a pegar alguma. Mas mal deu para sentir o breve gosto...

Mais tarde, já não tão criança, mas ainda tratada como tal, acompanhando a mãe nos supermercados e feiras, via pacotinhos mínimos que envolviam alguns gramas de cerejas em plástico. Caríssimos. A mãe sempre hesitava. Pegava, sentia o peso, conferia o preço, esbravejava, desistia, se arrependia, voltava, colocava no carrinho. Frutas distantes, que exigiam uma difícil decisão para comprar ou não. Quase inatingíveis. E, quando alcançáveis, tão, tão poucas...

Recordava-se claramente. Nas festas da família, nas festas de aniversário das amigas e colegas, nas grandes comemorações, sempre havia algumas. Quase como objetos de decoração, que enfeitavam a louça especial, da ocasião especial. Um toque de luxo, de bom gosto. Intimidavam os menos audazes. Outros se concentravam, procurando o momento certo para abocanhar as poucas cerejas expostas. Alguns as tomavam como que com luvas, ou pinças, tal o cuidado com que se aproximavam da vermelha frutinha e a saboreavam lentamente até nada mais restar em volta do disputado caroço. Às vezes, alguém mais voraz rapidamente esgotava aqueles gramas presentes, fazendo com que na enorme travessa ficassem apenas frutos tropicais ou mais cotidianos... E quem queria maçã ou abacaxi, ameixas ou uvas, mesmo que suculentas, ainda que exalando atraentes odores, mesmo que perfeitamente geladas e sabiamente adocicadas? A abundância do todo dia, mesmo que só visto e pouco comido, não podia competir com as distantes e remotas cerejas...

Lembrou-se da voz do seu avô, contando das frutas e frutos em cada país, em cada cidade, sendo disputados. Falava de como os friorentos russos cobiçavam as alegres e amarelas bananas. Não podia acreditar, naquela época, que alguém quisesse mesmo comer banana como um manjar especial e mui aguardado... Falava de paraenses desprezando as polpudas e rosadas mangas, tantas caíam diretamente em suas mãos, sem que nenhum esforço fizessem, em qualquer lugar que estivessem. Não podia crer que alguém resistisse a chupar uma manga, até o último fiapo, e ainda com as mãos lambuzadas não pegasse outra. Mas soube sempre do quanto desejou, ao menos, alguns galhinhos de cerejas só para si...

E afinal os conseguiu em Paris. Não poucos galhinhos. Quilos e quilos dentro de banais sacos de pardo e leve papel, custando quase nada e em qualquer lugar encontráveis. De dia ou de noite, enquanto fosse primavera.

Sorriu ao lembrar da excitação das pessoas, dos vizinhos e colegas, de Jean Marc e da zeladora, esperando a chegada da primavera. E, junto com ela, a vinda bem-vinda das primeiras cerejas do ano. Virava festa. A rua cheia de gente, saboreando a carnuda frutinha, como quando descia o primeiro floco de neve, já no frio inverno. Contenteza a ser repartida. Na rua. Com conhecidos e desconhecidos. Fazendo festa. Brincando, construindo bonecos de gelo, jogando neve no rosto, nos cabelos, no casaco do outro, sorridentes como crianças esperando a chegada de Papai Noel ou da fada madrinha envolta na magia da noite branca. Fazendo festa. Brincando com cerejas, se lambuzando, comendo mais e mais, se empanturrando, deglutindo o sabor e se abrindo, como jovens, para a chegada da primavera, trazendo sensualidade, amor, namoricos, leveza, danças no encantamento dos dias floridos e das noites leves, convidando ao ócio, ao prazer, à entrega despreocupada dos corpos ávidos por mais e mais... Tomou-se de excitação.

Levantou-se. Entrou num café para telefonar. Ligou para Jean Marc. Ele estava. Feliz com a noite que viveria, tomou o metrô e foi ao seu encontro.

Maio chegou e sua entrada, como sempre, foi saudada, cortejada. Dia 1º, em feriado comemorado. Festa dos trabalhadores e festa dos franceses *muguets*, no Brasil chamados de lírios-do-vale. Helô abriu várias vezes a porta, para receber os pequenos e delicados ramalhetes de brancas e leves florzinhas, como presentes trazidos por seus vizinhos. Embelezou seu apartamento inteirinho. Se embelezou, prendendo um deles, com um largo alfinete, na gola de sua acetinada blusa. Entregou o que comprara para a enfezada porteira, que sorriu primaveril. Tomou-se de compartilhada alegria.

Saiu e caminhou pelas praças e jardins, por onde todos seguravam seus buquês de *muguets*. Moços belos os traziam presos nas lapelas dos paletós bem-cortados. Senhoras os traziam nas mãos e os distribuíam aos amigos e conhecidos que encontravam nos lugares previamente combinados. Nos imensos parques, a comemoração fervilhava. Discursos inflamados, reivindicações vibrantes, aplausos, gritos e vaias. Cantorias e trocas. Exigências e *muguets*. Cobranças e presentes. Clareza na cabeça e beleza nas mãos. Consciência trabalhadora e leveza primaveril sendo passadas. Para todos. Por todos. Tomou-se de dignidade e de ternura.

Numa quinta-feira irresistivelmente convidativa, Helô fechou a janela acalentando um plano. Querência que se fez urgência. Rapidamente caminhou até o metrô, parando apenas para cerejas e jornal comprar. Rumou para onde decidira.

Desceu perto da Torre Eiffel e até lá andou. Impaciente. Subiu e subiu. Já em cima, por horas parou admirando os tão antigos e tão presentes telhados de Paris. Olhava e respirava, no mesmo compassado ritmo. Se detinha nos poéticos e diversos desenhos por telhas formados e sorvia as cerejas. Um a um, uma a uma, no mesmo compassado ritmo. Sentiu um sabor do novo, de quem pela primeira vez verdadeiramente enxergava, e ao mesmo tempo se recordou de telhados conquistados e escorregados numas férias de sua meninice. Férias que tinham se apagado de suas lembranças, pois até aquele exato minuto jurava que nada de importante lá acontecera. Reviu rostos esquecidos, animais que tanto amara, secretas brincadeiras. Tomou-se de tristonhas e meigas saudades. Sentiu-se leve, como as cerejas que comera, como se asas tivesse para sair voando do alto da Torre, como quando era criança e nada do mundo lhe pesava.

Entrou num café das redondezas para telefonar. Ligou para Jean Marc. Ele ainda não sabia se poderiam, mais tarde, se encontrar. Se atrapalhara, se atrasara e temia não conseguir terminar o trabalho que deveria entregar na manhã seguinte. Chateada, combinou ligar à noite. Sentou-se na calçada e até a última cereja comeu. Leu página por página do jornal que trazia. Observou a rua, as pessoas que passavam, sem muito se interessar. Fez hora, espichou o tempo, olhou impaciente o relógio muitas vezes, sem saber como terminaria aquele dia, aquela noite. A leveza escapou.

Chegara o domingo. Helô acordou cedo e começou a se preparar para o encontro com Jean Marc. Iam passar o dia no campo. Ouviu a buzina do seu carro e rapidamente desceu. Contentes, partiram. Logo estavam na florada estrada. Árvores em todos os tons de verde plantadas e espraiadas, deslumbravam. Amarelos junquilhos se exibiam como raras orquídeas. Fileiras infindas de hortênsias azuis abraçadas por aveludadas folhas chamavam à parada. Desceram e mansamente prosearam e se acarinharam, sentados ao lado da azulada alameda. Soltaram suspiros e aplausos de total admiração quando enxergaram rosas rubras plantadas entre ripas, que por uma pirâmide de madeira subiam. Rosas da rainha Josefina, vertiginosamente belas. Enlouquecidamente vermelhas. Curtidamente plantadas e tratadas naquelas esculpidas roseiras.

Chegaram ao lugar escolhido. Relvados e campinas ensolarados, um riacho próximo, uma pequenina e poética ponte, convidavam ao despreocupado passeio. De mãos dadas, foram. Correram, nadaram, na grama se espicharam e se amorenaram.

Vagarosamente se aproximaram do acolhedor restaurante camponês, onde uma festa se preparava. As moças do lugarejo, com saias rodadas e pés descalços, enfeitavam seus cabelos, neles prendendo, com grampos, cerejas ou os cobrindo com grinaldas tecidas por muitas das vermelhas frutinhas. Meninas risonhas colocavam duplas cerejas como se brincos fossem, sustentados pelos galhos torcidos em torno de suas orelhas, como os óculos de suas avós.

Helô não resistiu e se fez bela também. De cerejas se enfeitou e a Jean Marc enfeitiçou.

Beberam do bom vinho, comeram com fartura, cantaram, dançaram, com as pessoas que ali estavam. Mais tarde, despercebidamente se afastaram. Se beijaram passando cerejas pelas úmidas bocas. Os olhos brilhavam, as mãos se buscaram e torneavam os corpos e os cabelos, o desejo se fez urgente. Tomaram-se de incansável amor e de plena entrega. Se fazia noite, quando para Paris voltaram. Jean Marc lhe comprou um ramalhete de amarelas papoulas e Helô subiu para seu apartamento, radiantemente florida e florescida. Dormiu.

Intensamente azulados estavam os dias nos meados de maio. Helô sentia-se enclausurada, aprisionada dentro de seu apartamento. Impacientava-se. Acarinhou e cuidou de sua floreira repleta de longos cravos cor-de-rosa. Tentou estudar, não se concentrou. Difícil prestar atenção, mesmo que por alguns minutos. Vagava. Pegou seu diário e se espantou com a quantidade de filmes, de espetáculos de teatro e de dança, de exposições que assistira nas últimas semanas. Alguns ótimos, outros péssimos, muitos mornamente médios. Avidamente vira tudo. Como avidamente comera cerejas. Parecia nunca se satisfazer, nunca se fartar. Mais e mais queria de tudo o que a cidade lhe oferecia.

Se debruçou na janela. Sorridentemente, Paris a chamava. Não resistiu. Adiou as tarefas, das obrigações desistiu e rapidamente desceu os familiares degraus. Rumou para o seu redondo e tranquilo refúgio, no finalzinho da Avenida Champs Elysées. Lá, à beira do chafariz onde as águas sinuosas ininterruptamente dançavam, parou. Mais tarde, lentamente caminhou entre as grandes e solenes árvores. Refez energias, libertou-se da incômoda e sufocante sensação de reclusão, se desimpacientou, se reencontrou. Tomou-se de bem-estar. Olhou um espetáculo risonho e mágico feito por uma colorida troupe de circo, ouviu canções francesas tocadas por um tristonho sanfoneiro. Pausadamente se achegou ao imenso e circular canteiro especialmente construído para muitas flores abrigar e deleitou-se com a variada beleza. Entre elas, uma cigana leu suas mãos e antecipou o seu destino. Tomou-se de contenteza.

Viu maduras cerejas e gulosamente as comprou. Tão vermelhas estavam que o seu sumo escorria pela boca, pelas mãos, tingindo seu corpo, escorregando e manchando sua roupa. Virou criança. Tomou-se de saltitante alegria. Entrou num café para se deslambuzar. Se lavou e se enxugou demoradamente, prolongando o prazer que a deslizante água quente lhe proporcionava.

De lá, ligou para Jean Marc e ouviu o sinal de ocupado. Fez hora para de novo ligar. Aí, já não atendia. Ele saíra. Se chateou. Queria apenas com ele brincar. Emburrada, voltou para casa.

Por dias e noites inteiras passou escrevendo. Seu trabalho de final do semestre. Rasgou folhas e folhas. Amassou, se irritou, recomeçou. Passou do estilo floreado para um texto seco. Continuou descontente. Se deu um intervalo. Arrumou um vaso branco repleto de amarelas e alaranjadas papoulas, regou as pequenas e lilases violetas. Sentiu-se melhor por estar cercada de viva beleza. Retomou o trabalho e, finalmente, conseguiu encontrar o tom rebuscado. Aliviada, relaxou. Sabia, agora, por onde continuar.

Desceu os cinco andares de seu apartamento até a portaria. Caminhou sem destino certo, como gostava. Andou por pequeninas ruas do Quartier Latin, respirando liberdade, rebeldia e encantamento. Entrou na Saint Chapelle e se maravilhou com os belíssimos vitrais. Caminhou até a Catedral de Notre Dame e percebeu-se surpreendida com a beleza que ainda não vira em tantas outras vezes que lá estivera. Sentou-se num banco e muito pensou. Ao abrir os olhos, uma orquestra se preparava para começar a tocar. No mesmo banco ficou e melodias suaves e tristes ouviu. Tomou-se de paz.

Ao sair, passou pelas barraquinhas de livros, revistas e gravuras antigas, à beira do Sena plantadas, e mergulhou nas requintadas publicações dum remoto faz-tempo ao lado de cartões-postais repetitivos e sem imaginação dum próximo agora, do massificado hoje. Hesitou, mas uma alegre reprodução comprou. Contente, seguiu e só parou na colorida Feira de Plantas, onde dois ramalhetes de amarelinhas mimosas e outros mais, de leves e frágeis papoulas, comprou. Com as mãos floridas entrou em seu apartamento. Com as mãos cheirosas, prendeu na parede a nova gravura. Com as mãos inquietas, pegou sua caneta, seus papéis e seu trabalho retomou. De bem com a vida.

Junho terminava. O trabalho de Helô florescera, desabrochara, se arrematara. Gostou do que fez e assim o entregou. Como um colorido, atraente e bem misturado buquê. Também assim se sentia. Por dentro e por fora. Gostou de como se viu. Saiu, caminhou, quis cerejas comer, mas não encontrou. Rareavam. Talvez num ou outro mercado se achasse, mas não mais pelas ruas em profusão. A primavera acabava e o verão se anunciava.

Entrou num café para telefonar. Ligou para Jean Marc apenas para se despedir. Ele passaria as longas férias na Itália. Ela embarcaria na semana próxima para a Espanha. Se encontrariam somente no final de setembro. Ternamente se desejaram lindas e gostosas férias. Docemente desligaram o telefone, no mútuo adeus.

Helô caminhava sorridente por Paris, no finalzinho de junho. Começara o verão e Paris inteira se acalorava e se preparava para receber os turistas, enquanto os parisienses se preparavam para de lá sair, viajando para praias ou montanhas, aldeolas camponesas ou grandes metrópoles. Ouvia-se o burburinho dos preparativos. Entrou em casa e começou também a se arrumar para a sua partida. Quando voltasse, o outono estaria chegando. A cidade, coberta de folhas douradas, e pelas esquinas encontraria e comeria aquecidas castanhas.

Emocionada, despediu-se da feliz e deliciosa primavera que vivera. Excitada e sonhadora, preparou-se para o espanhol verão. Com tranquila expectativa, imaginou o que a aguardaria em Paris, no outono.

*IGNÁCIO DE LOYOLA BRANDÃO*
*Nasceu em Araraquara, São Paulo. Cursou jornalismo e escreveu muitos livros, entre romances, contos e relatos de viagens.*

# Cerejas na escuridão

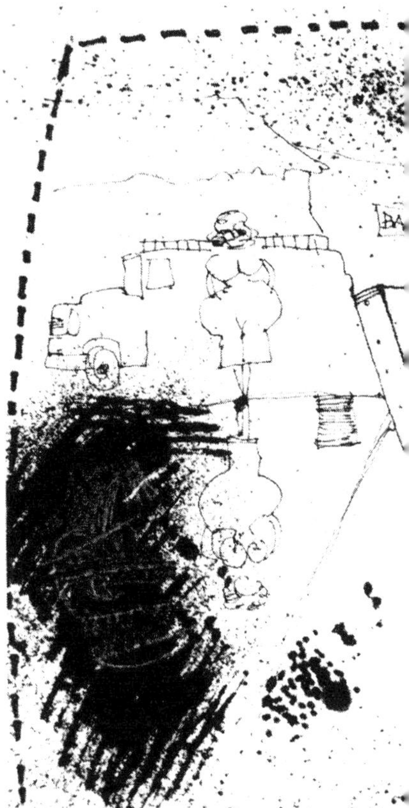

Aquela gente teria existido? Tio Álvaro encavernado na oficina, absorvido pelo moto-contínuo que o enriqueceria. Máquina que andaria até o final dos séculos, sem combustível. "Se vai haver final dos séculos", murmurava a incrédula Gertude. Assim mesmo, sem o R depois do T. Álvaro: – Por que era meu tio? Irmão do meu pai ou de minha mãe? Por que não me explicavam as coisas? Enérgico, beirava os quarenta e nunca ouvi falar que tivesse tido emprego. Iniciava o dia com o banho frio, inverno ou verão, no chuveiro instalado no quintal, numa coluna encimada por um busto de mulher, em gesso coloridíssimo, obra do Zio Mino em homenagem a uma an-

tiga paixão dos dois. Como? Paixão dos dois?

Após o banho, que Álvaro tomava inteiramente nu, o que impedia a saída de Gertude para o quintal, antes que ele se enrolasse na toalha, o tio caminhava até o barbeiro Demétrio, chamado Zio Mino, sabe-se lá por quê. Tipo falador, extrovertido, entendia de tudo e, paciente, explicava às crianças. Amargo quando se tratava de política e honradez dos homens. Não acreditava em nada, em ninguém. Irônico, bem-humorado e com tiradas curtas e certeiras, algumas contundentes.

Fechava o salão às 18 horas e 17 minutos, "hora fatídica" exclamava. Quantos mistérios Demétrio (um nome cheio de simbolismo, vinha da deusa Demeter, a "mãe terra") encerrava. Então iniciava-se a pintura. Abria o cavalete e punha-se a trabalhar. Melhor pintor que barbeiro. Todas as cenas de nossa rua estavam ali. Não havia pessoa conhecida que não figurasse nos quadros, de um modo diferente do que faziam. O verdureiro vendia jornais, o ferroviário consertava bicicletas, o pedreiro fazia pão, a manicure consertava um telhado, a loira gostosa do 35, orgulho do marido atlético, estava ajoelhada ao confessionário, o goleiro Drummond (ex-juvenil do Atlético de Minas) consertava guarda-chuvas.

O bairro passava pelos quadros e o de que eu mais gostava era o de um homem cortando o cabelo, com o barbeiro – que não era Demétrio e sim o professor Neumane, que tudo sabia de gramática – preparando-se para matá-lo. Zio Mino tinha retratado a abertura dos imensos buracos, para a colocação da tubulação de esgotos. O largo da Câmara com as barracas armadas para a feira de sábado. A troca dos postes de madeira pelos de concreto, quando a Força e Luz modernizou a usina. O supermercado reluzente que exterminou as vendas tradicionais dos mineiros Nirlando, Gilberto e Angelo, os quais ofertavam latas de goiabada na hora de pagar a conta. Diziam que os três armavam terrível vingança. O final das cocheiras (onde o leiteiro abrigava vacas e cavalos) compradas pela sorridente dona Lygia, que pretendia transformá-las em creche. A exuberante morena, ex-advogada, prometia escrever uma história sobre cada quadro das meninas do Zio Mino. "Bolhas de sabão", sorria o barbeiro cínico. "Ela jamais falará de meus quadros, minhas poucas horas nuas." Fosse o que fosse que isto significasse, pareciam todos enigmáticos em nosso bairro.

Zio Mino jamais vendia os quadros. Todos queriam ter um, ele não cedia. Havia maridos enciumados, noivos agastados, namorados que rompiam, comadres desconfiadas. A coleção, que enchia os corredores da longa casa do barbeiro, era composta por retratos de moças. Poucas não tinham posado para ele. As que não tinham, ele as estampava de memória, uma vez que o salão era ponto de passagem. No final da tarde, assim que ouvia a sirene da fábrica de meias e o sino da indústria de panelas Hertz, Zio Mino punha-se à porta, esquecendo o cliente com o rosto ensaboado ou o cabelo tosado pelo meio. Tio Álvaro chegava, em minutos.

As garotas faziam inveja para as outras e as que não tinham posado inventavam que sim. Acabava sendo questão de *status*. Como as pinturas nunca tinham sido mostradas a ninguém - nem a tio Álvaro? -, restava a curiosidade: Seria verdade que muitas operárias tinham posado nuas? Inteirinhas descobertas, sem nada no corpo? Ou tratava-se de maledicência?

Muitas vezes, quando o salão fechava e Gertude me

mandava chamar tio Álvaro para o jantar, eu verificava que havia uma janela com uma fresta, num lado da rua onde não passava ninguém. O barbeiro colocava a tela embaixo do único foco de luz existente, em tal posição que a moça ficava escondida e não havia meios de adivinhar como ela estava e saber se era verdade o que o povo dizia. Ainda que esta gente falasse demais.

Então, naquela tarde abafada – e sem sombra de chuva –, Murilozinho apareceu. E tudo mudou. Era um rapazote magro e frágil, de quinze anos e cabelos brancos. Dizem que foi um abalo sofrido na infância, quando rolou ladeira do amendoim acima, o que foi considerado feitiço. Murilozinho, nervoso, inquieto, me puxava pela manga.

– Corra à rodoviária.

– Para quê?

– Estão te esperando. Ou esperando o teu tio Álvaro, o meio louco.

– Olha como fala, branquelinho!

– Corre! A mulher e a moça disseram que estão cansadas e vão pegar a próxima condução de volta.

– De volta para onde? Está lelé?

– Você também vai ficar quando vir a moça. Sua prima!

De moças, Murilozinho entendia – era especialista em fazer frases para elas, um campeão. Cada vez que alguém precisava mandar "torpedo", "correio elegante", telegrama, pichar uma parede, corria a ele.

– Minha prima? Bonita?

– Mais bonita que Branca de Paula, a domadora de tigres do circo Piroli, lembra-se?

– Puxa! Não existe ninguém mais bonita que ela.

– A tia também é belezona. Estão na escadaria, com medo da chuva, e à espera dos parentes. E as cerejas?

– Cerejas?

– Cereja, a frutinha! A tua prima tem um cacho na blusa azul. A blusa é transparente, e a moça está suada, o tecido grudado na pele. Xiii! A blusa não tem botões, são as cerejas que fecham.

A rodoviária ficava a seis quadras, mas havia um atalho, bastava pular o muro da Rosália costureira e chegar num minuto. Entrei por trás, a rodoviária deserta. Havia apenas um ônibus por dia, que vinha de Marinópolis, a maior cidade da região. Nunca tinha ouvido falar de nenhum parente em Marinópolis. Era uma história que não fazia sentido. Logo vi as duas, rodeadas de malas. Para que tantas? Sentadas num baú, abanando-se com um leque. Coisa mais antiga, deveriam estar tomando refrigerantes, tinham acabado de instalar uma esplêndida máquina na rodoviária, bastava colocar a moeda, dar um chute e apanhar a lata geladinha.

Fiz o que Zio Mino, o sábio, tinha me ensinado: "Para seduzir, faça um gesto que surpreenda a mulher". Seria assim que ele conseguia pintá-las? Naquele momento, na rodoviária calorenta, entendi o que seria surpreender. Cheguei-me a elas com refrigerantes fresquinhos – adeus dinheiro das verduras, Gertude ia me matar! As latinhas geladas me queimavam as mãos.

– Para se refrescarem.

– Quem é você? Atrevido!

– Sou parente. Acho que seu sobrinho.

– Sobrinho? Não sei! Não pense que sou parente dela.

Compreendi nada. Por que tio Álvaro nunca tinha me falado destas parentas?

– Vim buscá-las.

– Faz uma hora que esperamos! Ainda bem que passou um garotinho educado, ainda que curioso, mandamos recado.

– Não sabíamos que iam chegar.

– Mandamos telegrama!

– Então, está explicado! O carteiro morreu enforcado há três dias, a agência está fechada.

– Não há táxi nesta cidade?

Havia dois. A esta hora da tarde deviam estar naquelas casas onde nossos pais não nos deixavam chegar, não sei por quê. Há tantos segredos num lugar como este, espero que ao crescer possa desvendá-los todos, antes de ir embora, porque o meu sonho é ir embora, procurar a linda Cristina que foi escrever histórias para crianças.

– Refresco de limão, geladinho.

Ela sorriu. A prima de quem eu nem sabia o nome sorriu. Ao apanhar a lata, seus dedos tocaram os meus. Naquela momento, meus dedos se esquentaram. Verdade, juro por Deus! Juro também pelas almas que ela me olhou e gostou do meu olhar, porque riu. Como sabia rir! Coisa importante é saber rir: nem escrachado, nem aos golinhos, nem abafado, nem com a boca aberta, mostrando as gengivas.

Um golinho de refresco escorreu pelo queixo e deve ter feito cócegas, ela riu mais, e, ao acompanhar o pingo de refresco, dei com o cacho de cerejas que tinha impressionado tanto Murilozinho. Frutinhas comuns, como jabuticabas, porém vermelhas, ou melhor, cor de sangue escuro, brilhantes, davam a impressão de terem sido enceradas. Vi que Murilozinho tinha razão, o cachinho era a única coisa a fechar a blusa, e fechava mal, deixava meio aberta. Se Gertude visse, me tiraria dali na hora.

– Como você se chama?

– Kassia. Com K e sem o acento no primeiro A.

Eu nem sabia como se escrevia Kassia. Adorei o nome, combinava com as cerejas e a blusa azul molhada e colada ao corpo; me deu uma dor na mandíbula, estava com os dentes cerrados.

– E você, primo?

– Mariano.

Respondi com vergonha. Detesto este nome, não sei onde minha mãe foi encontrá-lo. Minha tia, ou o que fosse aquela mulher alta, com um jeito muito bom, me beijou o rosto. Estava também suada e me deixou um cheiro de perfume forte.

– Lembro-me tanto de sua mãe. Faz onze anos que morreu, você estava com sarampo e ela muito preocupada. Havia uma seca enorme, a poeira entrava pelos vidros fechados, o calor sufocava, como agora. Nunca mais voltou do hospital. Pobre menino!

Estava adorando as duas, o jeito como me tratavam. De repente, que ódio! Estavam chegando tio Álvaro e Zio Mino, muito frescos, talvez tivessem tomado banho no chuveiro do quintal, ainda que não fosse hora de banho, era meio da tarde. Os dois estenderam as mãos. O Zio Mino fez uma reverência, como nos filmes, fingiu que beijou a mão da tia alta, enquanto abraçava – apertando demais, demorado demais, para meu gosto – a prima Kassia. Pediram desculpas pelo atraso e traziam o Nico, menino que fazia as vezes de burro de carga, puxando pela cidade uma carrocinha e aceitando todo tipo de serviços.

Minha tia seguiu na frente, de braços com tio Álvaro (seriam velhos conhecidos?), enquanto Zio Mino monopolizou Kassia, que riu o tempo inteiro, até chegarmos em casa. Desconsolado, atrás, prometi a mim mesmo, quando crescer, ser engraçado, falador e cheio de trejeitos, para conquistar quem eu quisesse. De vez em quando, Kassia me acenava, sorria, não tinha me esquecido. Chegou a me piscar, o que me deixou de pernas moles. O que estava acontecendo?

Pela primeira vez na vida, vi Zio Mino entrar na casa de alguém, aceitando o chá gelado de Gertude. Minha tia subiu para se trocar, estava achando a cidade muito quente, "Nem sei quanto tempo conseguiremos aguentar aqui, querida Kassia, ainda bem que deve ser por pouco, tudo estará resolvido em algumas semanas". O que teriam para resolver? Mas Kassia tinha se refestelado no sofá, à vontade, sem se preocupar em arrumar as saias, como as mulheres faziam. Tinha tirado os sapatos, sorvia o chá gelado, especialidade de ervas aromáticas de Gertude. Passava a língua pelos lábios e sorria enigmaticamente. Quem definiu o sorriso de Kassia foi Zio Mino, no dia seguinte, no salão. Todo o tempo em que se ocupou de meu cabelo, falou em Kassia, e no pescoço, nas pernas compridas, no modo dela segurar a taça de chá.

Não falou nas cerejas. Talvez não tivesse reparado que o alfinete que as mantinha estava solto, eu podia ver um pedaço de sua pele branca, respingada pelo suor. Porém, não mais que isso. Meu Deus! Que vontade de correr! O que estava se passando comigo? O que estava sentindo, que mal-estar inexplicável, nenhum remédio de Gertude tiraria aquela angústia de mim. Um mistério a mais a ser solucionado em minha curta vida. Estava ficando demais, um exagero. Não há criança – mas não sou criança – que suporte.

Nos próximos dias, mal me aproximei de Kassia.

Não tinha o que dizer, a boca secava, gostaria de perguntar, convidá-la a ir a algum lugar, mostrar coisas, um branco na cabeça, as juntas dos dedos não obedeciam. Todavia que coisas podem interessar uma moça assim como ela, sempre fresca e bem vestida, com sandálias de couro cru, os cabelos soltos, exalando perfume de jasmim? *Exalar* foi outra palavra que Zio Mino me ensinou. Nos almoços e jantares, a conversa circulava entre a tia recém-chegada, Gertude e tio Álvaro, citando animadamente pessoas que pareciam íntimas e que deviam fazer parte das famílias, mas sobre as quais eu não ouvira falar. Querem saber? Nem me interessava, bastava estar perto de Kassia.

Depois do almoço, ela dormia e saía. Desaparecia, ficava pela casa o perfume de jasmim. Bem que tentei segui-la, só que Gertude, implacável, me fiscalizava, me obrigava a fazer lições. Tomava as tarefas, não deixava me descuidar dos estudos, "foi o que prometi à sua mãe no leito de morte".

– Como era minha mãe?

– Linda e dourada.

– Por que nunca me falou dela?

– Parecia-se com sua prima Kassia; afinal a mãe dela e a sua eram irmãs.

– E o que aconteceu com elas? Pensei que Kassia fosse filha desta tia que veio com ela.

– Esta tia é uma agregada, um dia você conhecerá estas histórias. Foram tempos pesados, tristes. Espere um pouco, crianças não necessitam carregar tais fardos!

E este fardo que eu carregava? Pensar em Kassia o dia inteiro, vê-la em todas as figuras dos meus livros, escrever o seu nome em cada página do caderno, ficar ansioso quando ela saía à tarde e desaparecia. E quando voltava, antes do jantar, tomava um banho demoradíssimo, no chuveiro do tio Álvaro, mas Gertude tinha chamado o carpinteiro que providenciara uma vedação, de maneira que o máximo que eu podia ver eram os pés molhados sobre os ladrilhos, e um pouco do cocoruto loiro. Jantava pronta, mudava uma blusa por dia e nenhuma tinha botões, era sempre o cacho de cerejas envernizadas, quase roxas, que escondia aquele corpo. Mal terminava a carne e a salada, sempre nesta ordem, corria ao banheiro, voltava cheirando a pasta e a colônia de jasmim. Uma noite, arrisquei:

– Quer ir ao jardim?

– Passei o tempo de ir aos jardins, querido.

– Posso ir passear contigo?

– Não vou passear.

– Onde vai?

Eu olhava o relógio, eram 18 horas e 19 minutos e eu ia brincar, sem graça e sem vontade, com os brinquedos que já não me davam nenhum prazer. Nada me dava encantamento, se Kassia não estivesse perto. Ela devia ser dois ou três anos mais velha, ainda que bem mais alta. Era alta mesmo, e tenho certeza de que percebia o modo como eu a olhava. Todavia, não reparava nas flores que eu deixava sobre o travesseiro (era um modo de surpreendê-la) ou nos bombons que comprava e encontrava no dia seguinte, derretidos ao pé da cama. Maldito calor o desta cidade. Será que ela chegava tão apressada ou cansada, derreada, que nem via os bombons, ou seria uma forma de mostrar que eram inúteis minhas tentativas? As únicas que eu sabia fazer. Fui parando de estudar, não queria prestar atenção às lições nem me interessava comer. Sentar-me à mesa era um suplício.

Até que uma noite, sozinho com minha triste caixa de brinquedos – e pensar que eu tinha gostado tanto deles –, vi as luzes se apagarem. Houve tempo em que adorávamos ver as luzes se apagarem, pois fugíamos para a rua, mas, naquela noite, fui tomado por uma angústia.

Gertude veio com uma vela e fomos para a calçada, as pessoas se reuniam. Logo os homens começaram a aparecer, a notícia correu. Um dos novos postes de concreto tinha caído com um raio e havia um homem morto. Os meninos quiseram, mais do que depressa, correr para ver o morto. Quando falei com Gertude, ela respondeu com simplicidade:

– Sim, filho, vai ver! Vai conhecer o que é a morte, porque há muito para te contar sobre ela um dia. Assim é que uma criança começa a compreender o mundo.

Desci a rua sozinho e passei pelo salão do Zio Mino, e vi, como sempre, a fresta da janela aberta. Havia uma luz, azulada, do lampião a gás. Zio Mino estava pintando, conversando com tio Álvaro, e os dois riam felicíssimos. Havia um terceiro riso e me recusei a acreditar que era aquele que eu conhecia. Zio Mino suava, a camisa ensopada, porque estava muito quente e fui me torcendo, pedindo a Deus que tio Álvaro saísse de sua posição, para que eu confirmasse de quem era o riso que eu sabia de quem era, mas me recusava a acreditar. Tanto fiz que consegui ver o pedaço da pele branca, ligeiramente suada.

Veio uma dor muito forte na parte direita do rosto e logo me tomou a testa. Havia uma vontade de chorar, gritar, correr e eu paralisado. Odiando tio Álvaro, rezando para que o moto-contínuo não desse certo, para que a máquina fosse um fracasso. Porque em suas mãos havia um cacho minúsculo de cerejas vermelhas, que ele agitava como se fossem sininhos. As cerejas não eram verdadeiras, porque não havia cerejas em nossa cidade, a não ser um cacho. Aquele que eu conhecia tão bem.

Sabia que não estavam fechando nenhuma blusa e que nem devia haver blusa.

Saí correndo, me afastando do perfume de jasmim, querendo ver onde estava o poste caído, olhar o homem morto pelo raio. Invejando aquele homem que não teria mais mistérios a resolver nem ideia do que era o sofrimento atroz (palavras do Zio Mino), ao ver o tio que a gente ama segurando um cacho de cerejas. Cerejas que tilintavam. Não sei se tilintavam de verdade ou apenas dentro dos meus ouvidos, me machucando de tal maneira que nem chorar eu conseguia.

# AS CEREJAS

Atual Editora

## UMA PROPOSTA DE TRABALHO

outras palavras

**Escola:** ______________________________ **Ano:** ______

**Nome:** ______________________________________

Lembrança antiga, mas ainda viva, o conto 'As cerejas', de Lygia Fagundes Telles fala-nos de vínculos e acontecimentos decisivos na vida de uma menina. Vermelhas, brilhantes, essas cerejas nos propõem uma incursão delicada no universo da feminilidade.

Vamos conhecer de perto essa história. E conhecer também a leitura literária que Ignácio de Loyola Brandão, Fanny Abramovich, Duílio Gomes e Márcia Leite fizeram do conto de Lygia.

## I — ANÁLISE DO TEXTO

### Enredo

1. O conto 'As cerejas' de Lygia F. Telles foi o que deu origem aos outros deste livro. Ele será, por isso, o ponto de partida de nosso estudo.
   O primeiro parágrafo de 'As cerejas' adianta para o leitor o clímax do conto.
   a) A que cena corresponde esse clímax?

   ______________________________________

   ______________________________________

   b) Que função tem aqui a antecipação da cena?

   ______________________________________

   ______________________________________

   ______________________________________

   ______________________________________

2. Podemos afirmar que em 'As cerejas' a condução do enredo é linear? Por quê?

3. O conto 'As cerejas' é pontuado por índices, ou seja, pistas que, ao mesmo tempo, criam suspenses, costuram a lógica da narrativa e criam uma atmosfera para os acontecimentos seguintes. O calor, o clima abafado e a queda do garfo durante o jantar que antecede o flagrante da narradora, por exemplo, criam uma expectativa e indicam ao leitor uma situação de tensão — o desejo entre Olívia e Marcelo — que acaba com a tempestade — sugestão de realização do desejo. Explique o que os índices abaixo sugerem ao leitor:

•o episódio do escorpião —

•o fato de a madrinha perder os óculos —

4. Retire do texto fragmentos que comprovem que a narradora sentia-se atraída por Marcelo.

5. As cerejas podem ser consideradas um dos elementos mais importantes do enredo.

a) O que simbolizam as cerejas?

b) Ao dar seu broche de cerejas à menina, o que Olívia na verdade está lhe dando?

## II — ENRIQUECIMENTO E INTEGRAÇÃO

**Debate**

**22.** O conto 'As cerejas' pode ser entendido como um aprendizado da feminilidade. Esse aprendizado está simbolizado pelas cerejas. Você concorda com essa afirmação? Quem 'aprende' e quem 'ensina' nessa história? Por que as cerejas seriam o símbolo desse aprendizado? Se são tão importantes na narrativa, por que são mostradas roídas por baratas no início do conto?
Discuta com seus colegas uma interpretação possível para essas questões, pensando nos vínculos entre a madrinha e a menina, entre Olívia e a menina e entre Marcelo e a menina.

**23.** Fica claro no conto 'As cerejas' que Olívia é uma mulher bem mais velha que Marcelo, o adolescente com quem mantém relações íntimas. Em 'Cerejas na escuridão', Mariano também se apaixona por Kassia, mais velha que ele.
O padrão social diz que, em um casal, o homem deve ser mais velho que a mulher. O contrário acontece, mas é pouco frequente e, muitas vezes, malvisto socialmente. Discuta essa questão com seus colegas. Que razões estariam por trás desses padrões? Uma mulher não pode se apaixonar por um homem mais novo? E quando um homem se apaixona por uma mulher mais velha? Até que ponto uma grande diferença de idade interfere nas relações afetivas? Justifique suas opiniões.

**24.** No conto 'Em Paris, na primavera', vimos que a cidade é quase uma personagem, tal sua importância na narrativa.
Paris, além de ser uma cidade inegavelmente linda, foi palco de acontecimentos de capital importância para a história da humanidade. Os lugares referidos no conto são bastante famosos e foram fartamente retratados. Procure fotos e monte um painel tentando refazer o percurso de Helô pela cidade – ou pelo menos de alguns lugares desse percurso.

## III — REDAÇÃO

**25.** Você viu neste estudo o que é um enredo conduzido de maneira não linear, ou seja, o tempo não segue uma sequência cronológica.
Você vai criar uma crônica, cujo enredo não seja linear. Se quiser, comece com a mesma frase que abre o conto 'As cerejas': "Aquela gente teria mesmo existido?".

**26.** Em mais de um conto deste livro, aparece um objeto – um broche – como elemento importante da narrativa. Simboliza emoções, sentimentos.
Um objeto pode ser investido de muitos significados; pode nos remeter a lembranças de pessoas, momentos bons ou ruins.
Escolha um objeto e desenvolva um conto em que ele funcione como elemento central. Dê um título bem sugestivo ao seu texto.

6. Do conjunto dos contos, há dois que podemos considerar versões do conto 'As cerejas':

___

7. O que faz essas versões serem diferentes do conto original?

___

___

8. Qual elemento poderia ser considerado o elo de ligação entre todos os contos do livro? Justifique sua resposta:

___

___

9. O enredo de 'As cerejas' está centrado nas lembranças de uma menina que se sente traída ao flagrar a relação sexual entre Olívia e Marcelo, o primo por quem estava apaixonada.
Em que está centrado o enredo de: 'Cerejas na escuridão'?

___

___

___

E em 'Em Paris, na primavera'?

___

___

## Personagens

10. No conto 'As cerejas' é possível criar associações entre personagens e algum elemento do conto. A madrinha, por exemplo, pode ser associada aos anjinhos cegos que tece nas cortinas de filé: vive perdendo os óculos. Na verdade, não enxerga o desejo da afilhada pelo primo, a vulgaridade de Olívia, incomoda-se com a virilidade de Marcelo ("sempre montando em pelo, feito índio") – daí anjo, e cego, no dizer de Marcelo. A que elemento você associaria cada uma das personagens abaixo? Explique sua associação.
Olívia — ___

___

Marcelo — ___

___

___

11. Retire do texto fragmentos que revelem:
a) o sentimento da narradora em relação a Olívia e Marcelo

______________________________________________________________

______________________________________________________________

b) o que Olívia sentia por Marcelo

______________________________________________________________

c) o que a madrinha sentia por Olívia

______________________________________________________________

______________________________________________________________

12. A Olívia de 'As cerejas' pode ser comparada a alguma personagem de outra história? Explique como se dá essa comparação.

______________________________________________________________

______________________________________________________________

13. No conto 'Os morangos' a imagem que se constrói de Marcelo é a mesma construída em 'As cerejas'? Justifique sua resposta.

______________________________________________________________

______________________________________________________________

______________________________________________________________

14. Em 'Antes do jantar' as personagens femininas de 'As cerejas' ganharam voz própria. Podemos dizer que se revelam exatamente iguais nos dois contos? Por quê?

______________________________________________________________

______________________________________________________________

## Narrador

15. No conto 'As cerejas' a história está narrada em primeira pessoa. A narradora coloca-se de duas maneiras diante dos fatos narrados: distante, um tanto irônica, um pouco amarga; e próxima, como se revivesse tudo o que aconteceu.
Identifique no conto em qual passagem ela guarda certa distância dos fatos narrados.

______________________________________________________________

16. 'Antes do jantar' usa como principal recurso o trabalho com narrador.
a) Identifique que trabalho é esse.

______________________________________________________________

______________________________________________________________

b) Os diferentes relatos constroem uma única história? Por quê?

______________________________________________

______________________________________________

______________________________________________

17. 'Os morangos' conta a mesma história de 'As cerejas', mas do ponto de vista de Marcelo. A mudança de ponto de vista implica mudanças na história? Quais?

______________________________________________

______________________________________________

18. No conto 'Em Paris, na primavera' podemos dizer que o narrador funciona como um elemento que conduz mais o olhar do leitor que fatos propriamente ditos. Por quê?

______________________________________________

______________________________________________

## Tempo e Espaço

19. Assinale a alternativa falsa:
    a) o tempo em 'As cerejas' é trabalhado de maneira não linear, uma vez que a narrativa é interrompida pela antecipação de alguns acontecimentos;
    b) a duração temporal em 'Os morangos' é semelhante à do conto 'As cerejas', embora dilate-se o tempo entre a chegada de Marcelo e a de Olívia;
    c) em 'Cerejas na escuridão' os fatos centrais da narrativa se passam em uma tarde — chegada de Kassia e da tia — e uma noite — Mariano vê o cacho de cerejas nas mãos de tio Álvaro;
    d) em 'Antes do jantar' o narrador retoma e dilata os momentos que antecedem a tempestade, apresentando o que as personagens pensam nesse momento;
    e) 'Em Paris, na primavera' apresenta rigorosa marcação temporal. O tempo aí é tratado de forma linear.

20. No conto 'Em Paris, na primavera' o espaço tem função central na narrativa. Explique por quê.

______________________________________________

______________________________________________

21. Em 'As cerejas' podemos dizer que Olívia e Marcelo pertencem ao espaço urbano, enquanto Madrinha, Dionísia e a menina pertencem ao espaço rural. Esses dois espaços de alguma maneira interferem no conflito central da história. Como?

______________________________________________

______________________________________________

______________________________________________